W0073719

Doris Meißner-Johannknecht

Und morgen sag ich es!

Doris Meißner-Johannknecht

Und morgen sag ich es!

Illustrationen von
Aljoscha Blau

Obelisk Verlag

Bibliografische Information der Deutschen Nationalbibliothek
Die Deutsche Nationalbibliothek verzeichnet diese Publikation
der Deutschen Nationalbibliografie;
detaillierte bibliografische Daten sind im Internet
unter http://dnb.d-nb.de abrufbar.

Neue Rechtschreibung

© 2018 by Obelisk Verlag, Innsbruck Wien

Lektorat: Philipp Rissel

Coverentwurf: Aljoscha Blau

Alle Rechte vorbehalten

Druck und Bindung: Finidr, s.r.o. Český Těšín, Tschechien

ISBN 978-3-85197-872-8

www.obelisk-verlag.at

INHALT

I. ABSCHIED

„Tooooor! Tooooor! Tooooor!
4:3!
Der Wahnsinn!
Dieses Tor!
Von der Nummer 13 in die obere linke Ecke geknallt.
Kein Torwart der Welt hätte diesen Ball halten können.
Und jetzt: der Schlusspfiff!
Das Stadion tobt!
Die Fans jubeln!
Sie singen!
Nein, sie brüllen!
Sie trommeln!
Sie schwenken ihre Fahnen!
Der Kampf der beiden Rivalen ist aus!
Der deutsche Meister steht fest!"

Ich mach das Radio aus.
„Kommst du, Paul?"
Papa steht in der Tür.
In der Hand ein paar Leinenbeutel.
Und den Wohnungsschlüssel.
„Vergiss das Radio nicht!"
Ich klemme mir den alten Kasten unter den Arm.
Erbstück von Oma Caro.
Cooles Teil aus dem Jahr 1980.
Fettes Orange.
Dieses Heiligtum vergessen?
Niemals!

Ich schau ein letztes Mal aus dem Küchenfenster.
Auf die alte Kastanie im Hof.
So also fühlt sich Abschied an.
Ein sehr sehr komisches Gefühl ist das.
Hatte ich bis jetzt in meinem Leben noch nicht.
Eine seltsame Trauer.
Ziemlich kurz vorm Heulen.
Aber ich heule nicht.
Ich fands gut in Berlin.
An den Wochenenden mit den Rädern raus an die
Seen.
Schwimmen. Paddeln. Angeln.
Im Sommer mit Campingzelt.
Am Abend Lagerfeuer.
Echtes Abenteuer war das!

Und dieses Haus?
Ich fand es gut!
Obwohl es alt ist und ziemlich vergammelt.
Der Putz bröckelt von der Fassade.
Die Fensterscheiben fallen bald aus dem Rahmen.
Geheizt wird mit Kohleöfen.
Die Wohnungen sind eher klein.
Aber alles extrem billig.
Und für Leute mit wenig Geld.

Auch wir hatten nur zwei Zimmer.
Aber die Decken sind fast vier Meter hoch.
Opa hat uns aus Holz in jedes Zimmer eine zweite
Ebene gebaut.

Mit schmalen Holztreppen zum Raufklettern.
Und dicken Seilen zum Runterrutschen.
Nichts für Menschen mit Höhenangst.
Aber das absolute Glück für Kletterfans.
Wie mich.
Unsere Wohnung war wie ein riesiges Piratenschiff.
Total schön!

Damit ist jetzt Schluss.
Endgültig.
„Warum baust du nicht alles ab und baust es in der
neuen Wohnung wieder auf?"
Aber Papa hat bloß den Kopf geschüttelt.
„Wir ziehen in einen Neubau, Paul.
Ins Dachgeschoss.
Da sind die Decken nur halb so hoch.
Und die Wände auch noch schräg!"
Also bleibt das Piratenschiff hier.
Das tut echt weh.

Gleich wird er kommen, der neue Besitzer.
Unser Nachmieter Falco.
Er wird uns tausend Euro geben.
Für ein Schiff, das mindestens das Zehnfache wert ist.
Wütend macht mich das.
Aber Papa sagt bloß:
„Das alte Leben ist vorbei.
Und jetzt fängt ein neues an.
Mit neuem Haus und neuen Möbeln.
Am Montag fahren wir zu Ikea und geben die tausend
Euro wieder aus."

Aber ob tausend Euro reichen?
Wir besitzen wenig.
Auf dem Kleinlaster vor der Tür lagert alles, was wir haben.
Und was wir zum Leben brauchen.
Nur das Nötigste.
Keinen überflüssigen Krempel.
Geschirr, Wäsche, Klamotten, viele Bücher, ein paar Matratzen.
Eine alte Couchgarnitur, ein alter Sessel.
Ein großer Tisch, ein paar Stühle, Regalbretter.
Und unsere Räder. Alle drei vom Trödel.

Mein gesamter Kram passt in vier Umzugskartons.
Mehr hab ich nicht.
Und mehr brauch ich nicht.
Ein paar Bücher, CDs, DVDs, ein paar Spiele, eine Kiste mit Lego.
Ein Sack mit Holzklötzen.
Jeans, Kapuzenpullis und Sportklamotten.
Mehr nicht.
Und dann noch die ganz geheimen Sachen.
Von denen niemand weiß.
Die liegen eingeschlossen in einer Holzkiste.
Den kleinen Schlüssel trag ich an einem Band um den Hals.
In meiner Schatztruhe liegen meine ganz geheimen Tagebücher.
Was drin steht?
Alles über die Zeiten von früher.
Erinnerung an das alte Leben.

Und die schwarze Stoffpuppe.

Warum ich gerade die aufgehoben habe?

Es war meine Trostpuppe.

Als ich klein war.

Als ich noch Paula war.

„Hast du auch nichts vergessen, Paul? Alles eingepackt?"

Ich nicke.

„Dann schließe ich jetzt ab! Okay?

Wir können im Garten auf Falco warten!"

Meine Stimme ist plötzlich wie weg.

Ich muss schlucken.

Jetzt bloß nicht heulen.

Nein! Paul heult nicht!

Aber Papa merkt sofort, was los ist.

Er nimmt mich in den Arm.

Drückt mich an sich.

Hält mich fest!

„Unser neues Zuhause wird schön, Paul!

Das weißt du doch!"

Ja, es wird schön. Das weiß ich auch.

Aber dieses Zuhause war eben sehr besonders.

Mein ganzes Leben hab ich hier verbracht.

Seit meiner Geburt! Zehn lange Jahre!

Und in diesen zehn Jahren ist eine Menge passiert!

Mit mir ist eine Menge passiert!

Eine sehr komische Geschichte!

Ich werde diesen alten Kasten vermissen.

Die Fahrräder im Flur.

Die Schuhe vor den Türen.

Die Zeitungsstapel. Die Flaschenkisten.

Die Kinderwagen.

Die Stimmen. Die Musik.

Das Schlagen von Türen.

In diesem Haus war man nie allein.

Irgendjemand war immer da.

Im Sommer war der Garten im Hinterhof so was wie ein Wohnzimmer.

Für alle.

Wäsche flatterte auf der Leine.

Es wurde gegrillt.

Es wurde gefeiert.

Wir haben Sandburgen gebaut.

Wasserschlachten gemacht.

Gemüse angepflanzt.

Kartoffeln im Feuer geröstet.

Im Sommer im Zelt übernachtet.

Und Fußball gespielt!

Toll war das!

Aber das hat sich in letzter Zeit verändert.

Alte Mieter zogen aus.

Neue Mieter zogen ein.

Man sah immer wieder fremde Gesichter.

Die aber schnell wieder verschwanden.

Und die alte Hausgemeinschaft gabs irgendwann nicht mehr.

Die Flure wurden nicht mehr geputzt.

Das Treppenhaus war schnell zugemüllt.

Und der Garten?

Der wurde immer wilder.

Niemand schnitt mehr den Rasen.
Keiner räumte auf.
In allen Ecken stapelte sich der Müll.
Mich hat das nicht gestört.
Auch die neuen Mieter nicht.
Die zogen eines Tages in die Wohnung über uns.
Drei junge Männer mit Schlagzeug, Saxophon und
Gitarren.
Die Band „Hammerhart".
Und die spielten Tag und Nacht.
Ich fand ihre Musik toll.
Laut und schräg und ziemlich verrückt!
Hammerhart eben.
Am liebsten hätte ich mitgespielt.
Aber für Mama und Papa war das der Anfang vom
Abschied.
Bloß weg aus Berlin!
Sie konnten nicht mehr arbeiten.
Mama und Papa sind Schauspieler.
Und Schauspieler müssen ja irgendwann mal ihre
Rollen lernen.
Und dafür brauchen sie Ruhe. Und Stille.
Die hatten sie in unserem alten Haus nicht mehr.
Und eine neue Wohnung in Berlin?
Mama und Papa haben einfach keine gefunden.
Eine, die sie hätten bezahlen können.
Die gabs einfach nicht.
Dafür das Gerücht, dass das Haus bald verkauft wer-
den würde.
Die alten Mieter raus.
Nur noch Platz für Leute mit viel Geld.

Die sich die obercoolen Eigentumswohnungen leisten können.

Aber der wichtigste Grund, wegzuziehen war die ewige Frage:

Wer kümmert sich um Paul?

Seit ich existiere, gibt es diese Frage.

Irgendeine Lösung fand sich schon.

Tagesmutter, Kita, betreute Grundschule.

Aber das hat nicht immer gereicht.

Die Arbeitszeiten meiner Eltern sind nicht gerade kinderfreundlich.

Die Proben sind morgens, wenn ich irgendwo betreut werde.

Aber Schauspieler verdienen ihr Geld normalerweise ja am Abend.

Da stehen sie auf der Bühne.

Und wo bleibt dann der kleine Paul?

Früher gabs immer irgendwelche Nachbarn, bei denen ich sein konnte.

Aber inzwischen sind all unsere guten Freunde ausgezogen.

Meine Eltern mussten mich oft alleine lassen.

Das hat sie echt fertiggemacht.

Im Notfall, wenn meine Eltern beide auf Tournee waren, kam Oma.

Es gab Zeiten, da musste Oma Caro ganz schön oft kommen.

Ein ziemlicher Aufwand.

Fünf Stunden Zugfahrt.

Aber sie war die Einzige, die sich die Zeit nehmen

konnte.

Opa Carl arbeitet nämlich noch.

Er hat eine kleine Firma.

Mit seinen drei Angestellten streicht er Häuser an.

Innen und außen.

Immer noch.

Obwohl er eigentlich schon im Rentenalter ist.

Aber Opa kann sich einfach noch nicht trennen.

Von seiner Leiter, den Pinseln und der Farbe.

Oma macht für ihn die Büroarbeit.

Aber nicht mehr gerne.

Am liebsten wäre ihr, Opa würde seinen Betrieb aufgeben.

Und zwar sofort.

„Dann hätten wir einfach mehr Zeit für unseren Paul!", sagt sie.

Omas Fahrerei hat jetzt ein Ende.

Und meine Betreuung ist ab sofort komplett gesichert.

Es sieht so aus, als würde jetzt eine glückliche Zeit anfangen.

Sogar ohne Betreuung in der Grundschule.

Ab sofort kann ich nach der letzten Stunde das Schulgelände verlassen.

Das finde ich super.

Den ganzen Tag Schule?

Der öde Schulhof mit einem Klettergerüst aus der Steinzeit?

Die vollgestopften Klassenzimmer?

Den ganzen Tag Gewusel, Geschrei und Hektik?

Das super eklige Essen aus der Großküche?

Total ätzend finde ich das alles.
Ich bin einfach gerne allein.
Ganz allein für mich.
Und ich liebe die Ruhe.
Aus dem Fenster gucken.
Nachdenken.
Träumen!
Lesen und malen.
Bauen und basteln.
Mich macht das glücklich.
Aber verstehen kann das keiner so richtig.
Die meisten Menschen finden mich sowieso komisch.
Aber mir ist das egal.

Der Kleinlaster ist gepackt.
Nach der Schlüsselübergabe geht's los.
Ab in die Stadt des Deutschen Meisters.
Ab in unser neues Zuhause.
Ab zu Oma und Opa.
Nein, wir werden nicht in ihrem Haus wohnen.
Das nicht.
Aber ich kann jederzeit zu ihnen.
Uns trennen nur fünf Minuten Fußweg.
Und bei Oma und Opa hab ich ein eigenes Zimmer.
Das hab ich immer schon gehabt.
Und ein Baumhaus im Garten.
Mit Opa eine Werkstatt im Keller.
Omas Atelier im Anbau.
Und das Beste: die große Wiese zum Fußballspielen.
Bei Oma und Opa ist alles perfekt.
Auch das Essen!

Immer total lecker!
Und jeden Tag frisch gekocht!
Und immer meine Lieblingsgerichte!
Das absolute Verwöhnprogramm.
Aber bei Oma und Opa esse ich sowieso alles gerne.
Sogar Wirsing und Rosenkohl!

Ich hab totales Glück mit diesen Großeltern.
Meine anderen Großeltern wohnen in Wien.
Weit weg.
Aber die haben sowieso keine Zeit.
Die haben ein Architekturbüro und bauen Bürohäuser
und Banken.
In der ganzen Welt.
Die seh ich höchstens einmal im Jahr.
Und auch nur kurz.
Wenn wir nach Italien fahren.
Auf der Durchreise.
Ich glaube, meine Großeltern in Wien mögen mich
sowieso nicht.
Seit ich beschlossen habe, Paul zu sein, finden auch sie
mich komisch.
Wie gut, dass mir das egal ist!

Ab jetzt werden wir in einer total coolen nagelneuen
Wohnung leben.
Opa hat sie neulich gekauft.
Eigentlich für sich und Oma.
Für später, wenn ihr Haus für sie zu groß ist.
Wenn sie richtig alt sind.
Die Wohnung liegt im Dachgeschoß.

Es gibt einen Aufzug.
Also alles total praktisch.
Fußbodenheizung.
Eine komplett eingebaute moderne Küche.
Mit allen Geräten, die es so gibt.
Spülmaschine und Dunstabzugshaube aus Edelstahl.
Backofen in Augenhöhe.
Ein riesiges Ceranfeld für sechs Töpfe.
Und dann die gigantische Dachterrasse!
Ich hab bis jetzt nur Fotos gesehen.
Aber diese Wohnung!
Ich finde, sie ist der Hammer!
Das absolute Kontrastprogramm zu unserem
Piratenschiff in Berlin.
Vier große Zimmer!
Diese riesige Küche!
Zwei Bäder! Eins mit begehbarer Dusche.
Das andere mit großer runder Badewanne.
Mit Platz für drei Personen mindestens.
Eine echte Luxuswohnung!
Mama und Papa waren anfangs nicht so begeistert wie
ich.
„Viel zu spießig!", sagte Mama. „Da passen wir nicht
hin!"
„Irgendwie ziemlich langweilig!", sagte Papa.
„Zu perfekt für uns!"
„Aber auch praktisch!", sagte Mama.
„Und echt toll, dass wir nur wenig Miete zahlen müssen!"
„Und die allerbeste Lösung für Paul!", sagte Papa.
„Das ist sowieso das Wichtigste!", sagte Mama.
„Das Allerwichtigste überhaupt!"

„Endlich ist Schluss mit der ewigen Frage!", sagte Papa.
„Wer kümmert sich um Paul?"

Ich schlucke die Tränen runter.
Löse mich aus Papas Umarmung.
Atme ein paar Mal tief ein und aus.
Und das Wunder passiert.
Die Trauer fliegt davon.
Und das Gefühl von Glück hat wieder Platz in mir.
Ja, ich freue mich!
Auf mein neues Leben.
Auf diese megacoole Wohnung.
Nur fünf Minuten von Oma und Opa entfernt.
Und auf die Stadt des deutschen Fußballmeisters!
Mit diesem gigantischen Stadion!
Dem besten der Welt!
(Sagen die Experten!)
Diese super Stimmung dort!
Den total verrückten Fans!
Die ihre Mannschaft echt lieben!
Ob ich mal dabei sein kann?
Einer von 85.000 Zuschauern?
Das wär der Hammer! Echt!

Auf jeden Fall werde ich schon bald in einem Verein
spielen.
Zweimal die Woche Training.
Am Wochenende Meisterschaftsspiele.
Ab sofort wird der Fußball auch mein Leben bestimmen.
Nein, nicht mein ganzes Leben.
Nur ziemlich viel von meiner freien Zeit.

Zum Profi reicht es bei mir nicht!

Da mach ich mir nichts vor.

Ich bin nicht schnell genug.

Und noch hab ich zu wenig Kraft für die ganz harten Bälle.

Echte Geschosse krieg ich selten hin.

Aber ich bin kein schlechter Verteidiger.

Und auch kein ganz schlechter Torwart.

Und ich liebe Bälle.

Als ich angefangen habe zu sprechen, soll „Ball" mein erstes Wort gewesen sein!

Das behauptet Mama jedenfalls.

Und „Tor" das zweite Wort.

Das behauptet Papa.

Aber daran erinnere ich mich nicht mehr.

Nur, dass ich immer schon Bälle geliebt habe.

Und Fußballplätze.

Diese riesige grüne Fläche aus Gras.

Und das Dribbeln, die Rennerei, das Schießen auch.

Ich liebe ganz einfach die Bewegung.

Und ich strenge mich total gerne an.

Alles geben bis zum Letzten.

Laufen bis zur Erschöpfung!

Dann völlig fertig ins Gras fallen!

Ein tolles Gefühl!

Ja, ich bin echt extrem.

Einerseits bin ich total gerne allein.

Aber dann brauch ich auch das Gefühl, Teil einer Mannschaft zu sein.

Um gemeinsam für ein Ziel zu kämpfen.

Den Sieg!

In Berlin hab ich bis jetzt in einer gemischten
Mannschaft gespielt.
Das ist jetzt vorbei.
Ich bin zehn geworden.
Und eigentlich muss ich ab jetzt in die Mädchen-
mannschaft.
Wenn man in meinen Personalausweis guckt, ist das klar.
„Wir werden den Ausweis hier nicht zeigen!", sagt Papa.
„Du bist Paul! Ich habe dich schon angemeldet."
In die Jungsmannschaft!
So ein richtig gutes Gefühl ist das nicht!
In Berlin war alles klar.
Da war ich Paula.

Seit meiner Geburt.
Viele Jahre lang.
Bis vor drei Jahren.
Da hab ich beschlossen, Paul zu sein.
Für alle war ich von einem Tag zum nächsten eben Paul.
Das Leben von Paula war zu Ende.
In Berlin war das überhaupt nicht schwierig.
Aber Papa findet, wir sollten hier erstmal vorsichtig sein.
Nicht mit jedem darüber reden.
Genau überlegen, wann und wem wir was erzählen.
Ich liebe Geheimnisse.
Aber in diesem Fall wär mir lieber, wir würden allen
sagen, wie es ist.
„Lass uns Zeit, Paul!", sagt Papa.
„Ich weiß auch nicht, was besser ist!", sagt Mama.
Und ich bin jetzt auch etwas durcheinander.
Aber vielleicht hat Papa ja recht.

Erstmal abwarten, wie das so ist, in dieser neuen Stadt.

Wir sitzen im Garten, der mal ein Garten war.
Und warten auf Falco.
Ein Müllplatz ist das jetzt.
Alte Bettgestelle, kaputte Waschmaschinen.
Aufgerissene Säcke mit aussortierten Klamotten.
Papa spielt mit seinem Autoschlüssel.
Guckt ständig auf die Uhr.
„Ich bin froh, wenn wir endlich weg sind!", sagt er.
Falco kommt eine halbe Stunde später als verabredet.
Aber er hat das Geld dabei. Immerhin.
In einem Umschlag liegen zehn grüne Scheine.
Nagelneu, wie frisch gedruckt.
„Sind die echt?", frage ich.
„Keine Ahnung!", sagt Falco.
„Ich hab sie gerade von der Bank geholt!"
Papa steht auf.
„Komm Paul! Und jetzt nix wie weg!"
Er steckt den Umschlag ein.
Ich schluck meine Trauer runter.
Ciao, Piratenschiff!

2. UNTERWEGS

Wir sitzen in unserem klapprigen Kleinlaster.
„Ob der durchhält, Papa?"
Papa grinst.
„Einen Garantieschein hab ich nicht!
Aber die Nummer vom ADAC.
Wenn alles gut läuft, sind wir in fünf Stunden da!"

Ich schließe die Augen.
Fühl mich auf einmal etwas erledigt.
Kein Wunder!
So ein Umzug!
Die Packerei!
Eine ganze Woche waren Papa und ich damit
beschäftigt.
Dann all die Abschiedsfeiern!
Und jetzt schleicht plötzlich ein neues Gefühl an.
Ein unangenehmes.
Und das Gefühl heißt Angst!
Ja, etwas Angst hab ich schon.
Vor der neuen Schule zum Beispiel.
Vor Frau Kaiser, meiner Klassenlehrerin!
Papa hat ihr die Geschichte mit Paula und Paul erklärt.
Musste er ja.
Wegen der Anmeldung.
Aber Frau Kaiser konnte das gar nicht locker sehen.
So wie meine alte Lehrerin in Berlin!
Frau Kaiser wollte erstmal alles geheim halten.
Paul ist Paul.

Wieso und warum?

Das sollte erstmal niemand erfahren!

Und wenns doch rauskommt?

Was passiert dann?

„Cool bleiben, Paul!", sagt Papa dann.

„Lass uns abwarten!"

Aber jetzt merke ich, dieses „Abwarten" macht mir Angst!

Echt!

In Momenten wie diesen fehlt mir Mama.

Ja, jetzt würde ich mich gerne an ihre Schulter lehnen.

Oder ihre Hand halten.

Aber Mama steht jetzt auf einer Bühne.

Mit bunten Ringelsocken und knallroten Zöpfen.

In irgendeiner Schulaula.

In einer Stadthalle.

Oder in einem Theater.

Irgendwo in Deutschland, in Österreich oder der Schweiz.

Wo ist sie heute?

Ich hab den Überblick verloren.

Und den Terminplan nicht im Kopf.

Kann sein, dass sie heute in Hamburg ist.

Und morgen in Köln.

Momentan spielt Mama die Pippi Langstrumpf.

Ich liebe Pippi Langstrumpf.

Dieses Leben in absoluter Freiheit!

Keine Schule!

Allein in einer Villa Kunterbunt!

Nur mit einem Pferd und einem Affen.

Und einer Schatztruhe.
Das Paradies!
Echt!
Und dann dieser Mut!
Ja, so mutig wie Pippi zu sein, das hab ich mir immer
gewünscht!
Egal, was die Leute denken!
Das eigene Ding durchziehen!
Ja, Pippi ist mein Vorbild!
Wenn die Leute mich komisch finden?
Mir egal! Echt!
Pippi sieht das genauso!

Ich hab Mama noch nicht in dieser Rolle gesehen.
Immer hat sie irgendwo gespielt.
Nur nicht in Berlin.
Mama liebt ihren Beruf.
Mein Ding wär das nicht.
Jede Nacht in einem fremden Bett.
Meistens in billigen Hotels oder Pensionen.
Jeden Tag mit dem Bus in die nächste Stadt.
Jeden Tag zwei Vorstellungen.
Manchmal auch drei.
Ich fände das furchtbar.
Und immer nur Fast Food.
Pizza, Döner, Frühlingsrollen.
Zwischendurch Brötchen.
Und keine Küche, in der man sich was Leckeres kochen
kann.
Nur manchmal heimlich eine Suppe mit dem
Wasserkocher.

„Das ist ja nicht für immer, Paul!
Irgendwann bekomme ich vielleicht eine feste Stelle.
An einem Stadttheater.
Oder ich werde für den Film entdeckt!
Aber jetzt ist es wirklich okay!", sagt Mama.
Immer wieder sagt sie das.
Dabei weiß ich auch, dass Mama die ewige Reiserei
leid ist.
Dass sie viel lieber öfter zu Hause wär.
Bei Papa und mir.
Aber sie zieht das durch.
Weil irgendjemand ja Geld verdienen muss.
Trotzdem reicht das, was sie verdient, nicht für uns
drei.
Bloß glaubt das keiner.
Alle denken immer, Schauspieler sind mega reich.
Totaler Quatsch ist das!

Bei Papa ist es auch nicht besser.
Im Sommer ist auch er auf Tournee.
In deutschen Ostseebädern.
Aber auch nur im Sommer.
Im Winter unterrichtet er an einer Hochschule für
Schauspielkunst.
Weit weg!
An der Ostsee.
Zwei Monate lang.
Aber das bringt alles nicht viel Geld aufs Konto.
Neulich hatte er eine Rolle in einer Fernsehserie.
„Mieses Niveau!"
Hat Papa gesagt.

„Aber es gibt eben genug Leute, die gerade so was
sehen wollen!"
Und sogar das wurde schlecht bezahlt.
Zwischendurch schreibt er Theaterstücke.
Aber bis jetzt hat er noch keinen Verlag gefunden, der
sie drucken wollte.
Und auch keine Bühne, die sie aufgeführt hat.
Papa schreibt aber trotzdem weiter.
Und hofft!

Mama und Papa arbeiten echt viel.
Beide.
Immer.
Aber sie haben Mühe, davon zu leben.
Und zwischendurch gibt's Zeiten, da verdient Mama
ihr Geld mit völlig anderen Sachen.
Im Winter zum Beispiel verkauft sie gebrannte
Mandeln auf dem Weihnachtsmarkt.
„Nein!", sagt Mama. „So weit will ich nie kommen.
Arbeitslosengeld? Niemals!"

Sie arbeiten gerne.
Und sie jammern nicht.
Aber von Zeit zu Zeit sage ich:
„Ich bin für euch bloß ein Klotz am Bein!
Ohne mich könntet ihr jetzt in Hollywood sein.
Karriere machen.
Und Oscars kassieren!"
Dann gucken beide sehr ernst.
„Nicht schon wieder, Paul!
Nicht schon wieder diese Sätze.

Du weißt doch, der einzige Grund, immer wieder
gerne nach Hause zu kommen, das bist du!
Unser Zuhause, das ist unser Paul!
Wann kapierst du das endlich?"
Ich habs natürlich schon längst kapiert.
Aber es tut immer wieder total gut, ihre Sätze zu hören!
Nur deshalb fang ich immer wieder damit an.
Klar weiß ich selbst, dass sie überhaupt nicht nach
Hollywood wollen.

„Aufwachen, Paul! Pinkelpause!"
Papa hat angehalten.
Ich schau auf die Uhr.
Eigentlich müssten wir schon da sein.
Eigentlich.
Ich lese den Namen der Raststätte.
Aber sehr weit sind wir noch nicht gekommen.
Hundert Kilometer!
Mehr haben wir noch nicht geschafft?
Und das in drei Stunden?
„Staus, Staus, Staus!", sagt Papa.
„Baustellen, Unfälle, Baustellen!"
Er schließt den Wagen ab.
„Komm! Ich brauch jetzt mal 'ne Cola! Und du?"
Cola gibt's normalerweise nicht für mich.
„Viel zu ungesund!"
Da sind Mama und Papa sich einig.
Aber heute ist Colatag.
Ein Hamburger ist sicher auch drin.
Und all die Sachen, die ich sonst nie kriege.
Chips, Milchschnitten, Pommes und Gummibärchen.

„Aber erst mal pinkeln!", sagt Papa.

Vor dem WC eine Endlosschlange.

Vor allem bei den Frauen.

Wie immer.

Wahrscheinlich ist gerade ein Reisebus angekommen.

Papa ist schnell fertig.

Wäscht sich schon die Hände.

Ich warte immer noch auf eine freie Tür, hinter der ich verschwinden kann.

So einfach ins Pissoir pinkeln!

Geht leider nicht!

Noch nicht!

Total doof ist das!

„Ich warte auf dich im Bistro!", sagt Papa.

„Cola, Hamburger, Pommes rotweiß?"

Mir läuft das Wasser im Mund zusammen.

„Für mich die XXL Portion!", sage ich.

„Schon klar, Paul! Für dich den Riesenburger!

Den für echte Männer!"

Papa grinst.

Für sich bestellt er meistens nur die Kinderportion.

Papa muss auf seine Figur achten!

Muss schlank bleiben.

Damit er die Rollen kriegt, die er am liebsten spielt.

Jugendliche Liebhaber zum Beispiel.

Junge sportliche Männer.

Schlank und gutaussehend.

Echte Abenteurer.

In die sich alle Frauen verlieben.

Wenn Papa so viel essen würde wie ich?

Dann würde er sehr schnell fett und hässlich werden.

Und keine Rollen mehr kriegen.
Wie gut, dass ich essen kann, so viel ich will.
Ich esse total gerne.
Am liebsten alles durcheinander.
So wie jetzt.
„Und jetzt noch ein Eis, Papa, das geht noch rein!"
„Beneidenswert!", sagt Papa.
„Kein Gramm Fett! Megaschlank!
Ungerecht ist das!"
Papa gönnt sich noch einen doppelten Espresso.
Ohne Zucker.
Wegen der Figur!

„Und jetzt weiter!
Ich hoffe, wir schaffens heute noch!
Und ich hoffe, unser Wagen ist noch da!"

Seit letztem Jahr ist das Papas größte Panik.
Er geht zum Wagen ... und der ist weg!
Und taucht nie wieder auf.
Der Schock vom letzten Jahr sitzt ihm noch im Nacken.
Er war mit seinem Bus auf Tournee an der Ostseeküste.
Im Bus waren alle Kostüme, alle Requisiten, das gesamte Bühnenbild!
Die komplette Ausstattung für alle Stücke.
Für den ganzen Sommer.
Papa hatte den Bus nur kurz abgestellt.
Um sich an einer Bude eine Bratwurst zu holen.
Als er zurückkam, war der Bus weg.
Und der ganze kostbare Inhalt auch.
Ein schlimmer Sommer war das.

Die Schauspieler mussten in ihren normalen Klamotten
spielen.
In Jeans und T-Shirt.
Und die Bühne war immer leer.

„Unser Laster ist zu alt. Den will keiner! Keine Panik,
Papa!"
„Und der Inhalt?"
„Den würdest du nicht mal auf dem Trödel loswerden!"
„Aber meine Bücher!", sagt Papa.
„Wer interessiert sich heute denn noch für Bücher?",
sage ich.
„Stimmt, Paul! Panik ist heute echt nicht angesagt!"

War eh klar, dass keiner unsere alte Karre wollte.
Sie wartet auf uns.
Und quält sich jetzt durch neue Staus und neue
Baustellen.
Aber dann, es wird schon dunkel, sind wir da.
In unserer neuen Heimat.
In dieser Fußballstadt.
Seit heute Deutscher Meister!
Und das ist nicht zu übersehen!
Aus den Fenstern hängen Fahnen.
Auf den Straßen gehen Menschen in Fanklamotten.
Uns überholen hupende Autos mit flatternden Schals.
In der Innenstadt findet in diesem Moment die
Meisterschaftsparty statt.
Im Radio wird von 200.000 begeisterten Fans berichtet.

3. WILLKOMMEN, PAUL!

Und jetzt klingeln.
In Omas Arme fallen.
Eine Cola trinken.
Für Papa ein Bier!
Und dann die Gäste begrüßen.
Der Garten quillt über.
Fünfzig Leute bestimmt!
„Die hab ich extra für euch eingeladen!", sagt Oma.
„Damit ihr euch hier richtig zu Hause fühlt!"
„Ein paar weniger hätten auch gereicht!", sage ich.
„Ich kenne höchstens die Hälfte!", sagt Papa.
„Wo kommen die alle her?"
„Ein paar Frauen sind aus meiner Laufgruppe.
Ein paar aus meinem Chor.
Und dann noch die Yogafrauen!
Aber alle total nett!"

Opa steht am Grill.
Mit roter Schürze vor seinem Bauch.
„Ich hab eine Überraschung für dich, Paul!
Zeig ich dir, wenn ich hier fertig bin!"
Er zwinkert mir zu.
Es duftet nach Fleisch und scharfen Gewürzen.
Ich sehe Würste und Schnitzel, Koteletts und Spieße ...
Nudelsalat, Kartoffelsalat, Antipasti, alle möglichen
Aufstriche ...
Zig Sorten Brot!
„Und wer soll das alles essen?", sage ich.

„Alles nur für dich!", sagt Oma. „Damit was auf deine
Rippen kommt!"
Sie tastet mich ab. Oma darf das. Sonst niemand.
„Nur Haut und Knochen!", sagt sie.
„Das werden wir jetzt ändern! Du wirst sehen!"
Ja, ich kenn das schon.
Ich bin Hänsel und Oma ist die Oberhexe!
Sie wird mich mästen ...
Und ich finde das super!

Opa reicht mir ein Feuerzeug.
„Du kannst die Fackeln anzünden, Paul!
Und dann, zeig ich dir die Überraschung!"
Papa hat inzwischen ein paar alte Schulfreunde
gefunden.
Er liegt im Liegestuhl und quatscht mit seinen alten
Kumpels.
Er trinkt Bier und raucht.
Und sieht ganz zufrieden aus.
Papa scheint angekommen zu sein.
In seiner neuen alten Stadt!

Oma nimmt mich an die Hand und zieht mich durch
den Garten.
„Ich stell dir jetzt die Leute vor, die du noch nicht
kennst!"
„Muss das sein?"
Ich mag sowas nicht.
Dieses In-den-Mittelpunkt-gestellt-Werden.
Aber Oma zuliebe ... mach ich ja fast alles!

Wir nähern uns einer Gruppe Frauen.

Mit Sektgläsern in der Hand.

Bratwurst und Schnitzel im Mund.

Sie reden. Sie lachen.

Und gießen ihre Gläser immer wieder voll.

„Ich muss euch kurz stören, meine Lieben!", sagt Oma.

„Dies hier ist mein Enkel Paul!

Ab sofort muss ich nicht mehr fünf Stunden fahren,

um ihn zu sehen!

Ab sofort brauche ich nur noch fünf Minuten!"

Oma strahlt.

Ich drücke ihre Hand.

Jetzt kommen all die Sätze, die ich schon kenne.

„So groß ist er schon!"

„Mein Gott, wie die Zeit vergeht!"

„Und so ein schöner Junge!"

„Beneidenswert, Caro!"

„Ja, im Alter sind Enkel das größte Glück!"

Meine Oma nickt.

Ja, sie ist glücklich.

Und ich bin es auch.

Doch dieses Glück bricht ein.

Eine Frau mit runder schwarzer Brille sagt plötzlich:

„Und wo ist Paula?

Ich dachte, ihr habt nur eine Enkelin!

Diese Paula!

Von einem Paul hab ich ja noch nie gehört!"

Ihr Blick durchbohrt mich.

Ich muss wegschauen.

Und jetzt?

Mir wird etwas schwindelig.

Ich halte Omas Hand ganz fest.

Bloß nicht umkippen!

Aber Oma bleibt ganz ruhig.

Und sagt:

„Es gibt nur diesen Paul!

Aber es stimmt, früher war er mal Paula.

Aber das ist lange her!"

Dann schaut sie mich an.

So lieb wie immer.

Und zieht mich weg.

„Komm Paul! Opa will dir jetzt sicher die Überraschung zeigen!"

„Aha!", sagt die Frau mit der Brille.

Mehr sagt sie nicht.

Wahrscheinlich findet sie das jetzt sehr komisch.

Und muss erstmal nachdenken.

Oder nachfragen.

Aber das kenn ich ja.

Opa steht am Grill.

Er reicht mir eine Bratwurst.

„Mit deinem Lieblingssenf!", sagt er.

„Hmmm, lecker!", sage ich.

Oma steht neben mir.

„War das okay eben, Paul?

Oder willst du hier wieder Paula sein?"

Ich schüttel den Kopf.

Und schlucke das heiße knusprige Stück Fleisch runter.

„Nein! Ich bleibe Paul!

Für immer und ewig!"

„Und welchen Wunsch hast du heute noch?", sagt Opa.

„Noch eine Bratwurst, eine Cola und dann deine Gitarre!

Und ich im Liegestuhl, bis ich einschlafe!"

„Die Überraschung dann morgen, oder?", sagt Opa.

Ich nicke.

Dann liege ich im Liegestuhl.

Über mir ein fetter Mond, der mir zuwinkt.

Und tausend Sterne, die mir zuzwinkern.

Ich denke an Mama.

Schade, dass sie nicht hier ist!

Aber sie kommt am nächsten Wochenende.

Also bald!

Ich höre Papa lachen,

Opa die Gitarre stimmen.

Und Oma, die gerade anfängt, mit ihrem Chor ein Lied zu singen.

„Der Mond ist aufgegangen!"

Mein Lieblingslied.

Das Gutenachtlied von früher.

Als ich klein war.

Als ich noch Paula war.

Mensch Oma!

Mir fallen die Augen zu.

Und ich schlafe ein.

4. ANGEKOMMEN

Ich reiße die Augen auf!
Die Sonne knallt mir ins Gesicht.
Sofort bin ich hellwach.
Und dann weiß ich, wo ich bin.
Ich liege in meinem alten Kinderzimmer.
Bei Oma und Opa.
Und alles ist so, wie es immer war.
Meine Plüschtiere und Bücher liegen im Regal.
Meine Holzeisenbahn auf dem Boden.
Die Legosachen in Plastikkisten.
Nur die Bettwäsche ist neu.
Nagelneu!
Ich liege in den Farben dieser Stadt!
In den Farben des neuen Fußballmeisters!
In der absoluten Fanbettwäsche!
Wer hat die denn gekauft?
Oma wahrscheinlich!

Mein neues Leben fängt echt super an!
Oma steht in der Tür.
Ihre Augen leuchten und sagen:
Dieser einzige Enkel ist ab sofort höchstens fünf
Minuten weit weg!
Sie hält einen Becher in der Hand.
Der dampft und duftet!
Kakao mit Sahne!
Ja, Oma und ihr Verwöhnprogramm!
Ich liebe das!

Und Papa?

Den verwöhnt sie auch!

Diesen einzigen Sohn!

Momentan ist er in seinem alten Kinderzimmer.

Auch er hat bestimmt seinen Becher bekommen.

Mit extra starkem Kaffee!

Und der Sonntagszeitung!

Für Papa ist das der perfekte Start in den Sonntagmorgen.

Jetzt steht Opa in der Tür.

Heute nicht in weißer Arbeitskleidung.

Heute im schwarzen Trainingsanzug.

Wie immer am Sonntag.

Wenn ich da bin, zum Fußballspielen.

„Die Überraschung, Karl!", ruft Oma aus der Küche.

Ich springe aus dem Bett.

Keine Ahnung, was das sein kann.

Aber wahrscheinlich was besonders Tolles.

Opa guckt wie ein kleiner Junge.

Der vor dem Weihnachtsbaum steht.

Und gerade das absolute Geschenk entdeckt hat!

Es geht in den Keller.

Den kenn ich gut.

Den finde ich spannend.

Denn da lagert viel altes Zeug.

In zerbeulten Alukoffern gibts alte Bücher, alte Briefe, alte Fotos, alte Hefte.

Bei schlechtem Wetter der ideale Ort, um Schätze zu finden.

Mein bisher größter Fund war die Schmuckschatulle
meiner Uroma.
Randvoll mit Gold und Silber.
Und niemand hat sie vermisst.
Und jetzt?
Es gibt die Waschküche.
Den Weinkeller.
Den Heizungskeller.
Den Fahrradkeller.
Opas Werkstatt.
Und dann noch den Chaoskeller.
So nennt Oma ihn.
Dort lagert Kram und Krempel.
„Der gehört dringend mal entmüllt!"
Das sagt Oma, seit ich denken kann.
Die Tür zum Chaoskeller ist frisch gestrichen.
In knalligem Türkisblau.
Eine meiner Lieblingsfarben.
Und was versteckt sich hinter der Tür?
Vielleicht ein Hund?
Ein Hund wär das Größte!
Einen Hund hab ich mir immer wieder gewünscht.
Aber in Berlin ging das ja nicht.
Das Piratenschiff war viel zu eng.
Und überhaupt.
Mama und Papa mit ihren Jobs?
Aber hier?
Es gibt ein großes Haus.
Einen riesigen Garten.
Und ab sofort einen Enkel für die Betreuung.
Gassi gehen und so!

Alles perfekt!

Opa öffnet jetzt die Tür!
Und macht das Licht an.
Aber es ist kein Hund, der mir jetzt entgegenspringt.
Vielleicht ist er noch klein?
Und schläft gerade?
„Moment noch!", sagt Opa.
„Mach mal kurz die Augen zu!"
Augen zu, aber Ohren auf.
Ich lausche.
Ich höre seltsame Geräusche.
Ein Hund ist das nicht.
Opa bedient irgendwelche Schalter.
Dann hör ich ein Rattern, ein Tuten, ein Zischen und
Pfeifen ...
Keine Ahnung, was das für eine Überraschung sein soll.
„Augen auf!", sagt Opa.
Und ich sehe blau.
Das alte Chaoszimmer ist vom Müll befreit und frisch
gestrichen.
In meinem Lieblingsblau!
Die Wände leuchten.
Die Decke strahlt.
Das Zimmer ist leer.
Nur in der Mitte, da steht etwas auf einem Tisch.
Und rattert und zischt, tutet und pfeift!
Opas elektrische Eisenbahn!
Die über fünfzig Jahre in Kisten verstaubte.
Die ich nur von alten Fotos kenne.
Als Opa so alt war wie ich.

Jetzt kämpft sie sich gerade einen Berg hoch und
verschwindet in einem Tunnel.
Mit lautem Getute.
Dann fährt sie durch Wiesen, auf denen Kühe grasen.
Sie rattert durch ein Dorf.
Eine Lokomotive mit zehn Waggons.
Eine Windmühle dreht sich.
Aus einem Schornstein kommt weißer Rauch.
Hinter Fensterscheiben flackert gelbes Licht!
„Mensch Opa! Ist das toll!"
„Ich hab eine moderne Elektrik eingebaut.
Hat funktioniert!"
Er drückt mir eine Fernbedienung in die Hand.

Unzählige Knöpfe wie beim Fernsehapparat.

Ich drücke auf Rot!

Der Zug bleibt stehen!

„Vielleicht hast du ja Spaß daran!", sagt Opa.

„Dein Papa hat sich nie dafür interessiert!

Ich wollte sie immer schon weggeben!

Aber ich habs nicht gekonnt!

Es gibt Erinnerungen, von denen will man sich nicht trennen!"

Ja, ich kenn das.

Meine schwarze Stoffpuppe ist auch so eine Erinnerung.

„Und dann hab ich ganz geheim immer noch auf einen Enkel gehofft!

Einen Enkel, der diese Eisenbahn einmal lieben würde.

Wie ich!"

Opa legt mir die Hand auf die Schulter.

„Aber das heißt nicht, dass du sie jetzt lieben musst, Paul!

Ich hab sie auch für mich wieder in Gang gesetzt!"

Ich drück auf den grünen Knopf.

Der Zug fährt sofort los.

Ich drücke auf die Eins.

Ein Brunnen plätschert.

Ich drücke auf zwei.

Die Straßenbeleuchtung geht an.

Bei drei gehen alle Bahnschranken runter.

Und bei vier gibt's Fangesänge aus einem Haus mit der Aufschrift „Zum roten Hirschen"!

„We are the champions!"

Opa reicht mir einen laminierten Plan.

„Es gibt fünfzig Funktionstasten. Damit ist dieses

System erschöpft.
Aber wenn du willst, können wir irgendwann das
Ganze erweitern.
Neue moderne Züge kaufen.
Eine Stadt bauen.
Mit Hochhäusern vielleicht.
Und einem Fußballstadion?"

Zwei Stunden lang lege ich die Fernbedienung nicht
mehr aus der Hand.
Wie im Rausch lasse ich die Züge fahren.
Und wieder anhalten.
Öffne und schließe Bahnschranken.
Lasse per Knopfdruck die Straßenlaternen an- und
ausgehen!
Aber das Beste, das sind für mich die Fangesänge, die
aus der Kneipe dringen.
„We are the champions!"
„Super, Opa! Total schön!"
Für einen Hund hätte ich jetzt gar keine Zeit mehr!
Und wenn wir auch noch anfangen, das Ganze
auszubauen …
Ob da noch Zeit zum Fußballspielen bleibt?

Papa steht hinter mir.
Wie lange schon?
„Mach mal Pause, Paul!
Und pass auf, dass du nicht dieser Eisenbahnsucht
verfällst!
Ich erinnere mich, dass Opa früher stundenlang im
Keller bei seiner Eisenbahn war.

Mich hat das nur genervt.

Ich hatte null Interesse an seinen Zügen.

Wär lieber mit ihm durch den Wald gezogen.

Fahrradtouren hätte ich auch toll gefunden!

Aber seine Eisenbahn!

Die fand ich langweilig und überflüssig!

Absolut ätzend!"

Ich trenne mich von der Fernbedienung.

Ja, ich spür es schon.

Mich könnte das hier unten im Keller süchtig machen.

Aufpassen, Paul!

Papa schiebt mich die Kellertreppe hoch.

„Ich finds ja gut, dass Opa endlich jemanden gefunden hat, der seine Leidenschaft teilt.

Aber wir müssen jetzt auspacken und unsere Wohnung einrichten!"

„Nicht ohne Frühstück!", sagt Opa.

Ja, für mich wie immer Spiegeleier.

Knusprig braun.

Dazu Brötchen mit Salami.

Für Papa Müsli.

Wegen der Figur.

Wie gut, dass ich nicht vorhabe, Schauspieler zu werden!

5. ZU HAUSE

Dann geht's los!
Papa und Opa fahren im Laster.
Ich geh zu Fuß.
Mit Oma Hand in Hand.
Bin ich dafür eigentlich schon zu alt?
Doofe Frage.
Ich finde es schön.

In fünf Minuten sind wir da.
Der Weg ist einfach.
Verlaufen kann ich mich da nicht.
Einmal nach rechts, dann nach links.
Schon stehen wir vor unserem Haus.
Wiesenweg 13.
Total ruhige Gegend.
Einfamilienhäuser, Doppelhaushälften und diese
modernen Gebäude mit Eigentumswohnungen.
Alles total ruhig.
Kein Mensch auf der Straße.
Alles sauber und gepflegt.
Etwas steril.
Es ist Sonntag.
Ich höre in der Ferne elf dumpfe Schläge.
Kirchturmglocken.
Irgendwie feierlich.
So was gabs bei uns in Berlin nicht.

Das Haus ist ziemlich neu.

Sieht irgendwie edel aus.

Die Fassade aus rotem Klinker.

Der Vorgarten gepflegt.

Als wär gerade erst ein Gärtner da gewesen.

Die Briefkästen weiß.

Kein Papier, das rausquillt.

Ich lese die Namen.

Klingen alle ziemlich deutsch.

Müller, Schubert, Wagenfeld und Stein.

Nur ein Schild fällt aus dem Rahmen.

Tessa de Mar.

Den finde ich echt schön, diesen Namen.

Bin etwas neugierig auf diese Frau.

Und auch auf die Person, die Mönkeberg heißt.

Dr. Mönkeberg.

Ein Schild ist leer.

Heißt das, die Wohnung ist frei?

Unser Schild ist anders als die anderen.

Bei uns stehen alle Namen drauf.

Thomas, Thekla und Paul Rosental.

Ob hier noch andere Kinder wohnen?

Sieht nicht so aus.

Keine Fahrräder vor der Tür.

Keine Kreidebilder auf dem Asphalt.

Hinter den Fenstern keine bunten Bastelbilder …

Ich bin gespannt.

Auf alle, die hier wohnen.

Acht Briefkästen.

Acht Klingelschilder.

Das unterste ist leer.

Papa schließt die Haustür auf.
Ich halte mir die Hand vor die Augen.
Alles weiß.
Zu weiß.
Die Wände. Der Fußboden.
Alles. Weiß wie Schnee.
Makellos.
Papa gibt mir den Wohnungsschlüssel.
„Geh schon mal nach oben und schließ auf.
Wir packen den Fahrstuhl voll!"
Gewöhnungsbedürftig ist das hier.
Ich versteh jetzt Mamas und Papas Bedenken.
Eigentlich passen wir hier nicht her.
Unser Kram kommt mir auf einmal echt schäbig vor.
Ich schau mich um.
Nach unten geht's in die Souterrainwohnungen.
Die haben einen Garten.
Hab ich auf den Fotos gesehen.
Erste Etage.
Zwei Türen.
Eine rechts. Eine links.
Alles wirkt wie unbewohnt.
Keine Schuhe vor der Tür.
Kein Kram und Krempel.
Nirgendwo ein Kinderwagen.
Kein Roller.
Keine abgelegten Zeitungen.
Keine Kränze an den Türen.
Keine Pflanzen im Flur.
Aber eine Fußmatte vor jeder Wohnungstür.
Und die sind alle gleich. Alle neu. Alle dunkelgrau.

Und megasauber.
Zweite Etage.
Auch hier zwei Türen.
Dritte Etage.
Auch hier zwei Türen.
Die linke gehört uns.
Ich halte die Luft an und schließe auf.
Und wieder werde ich geblendet.
So viel weiß.
Das bin ich nicht gewohnt.
Ich ziehe die Schuhe aus.
Auf Socken schleiche ich vorwärts.
Wie ein Einbrecher.
Fühl mich fremd hier.
In so eine edle Wohnung hab ich noch nie einen Fuß
gesetzt.
Und hier soll ich in Zukunft wohnen?
Die Wände weiß.
Überall.
Opa meinte, bunt streichen könnte er sie immer noch.
Wir sollten erst mal ankommen.
Die Zimmer sind groß.

Die Fenster alle bis zum Boden.

So eine helle Wohnung!

Das gefällt mir.

Die Bäder!

Groß und weiß und nagelneu.

Marmor? Ich weiß nicht mehr genau, wie Marmor aussieht.

Und dann die Wendeltreppe, die nach oben führt!

Das ist fast ein Ersatz für mein Piratenschiff.

Die Küche?

Wie aus einem Katalog für Luxusküchen.

Kann mir noch gar nicht vorstellen, dass hier gekocht wird!

Die Böden überall gleich.

Holz. Schönes helles Holz.

Ich öffne die Terrassentür.

Die ist riesig.

Eine durchsichtige Front aus Glas.

Wer wird das alles putzen?

Ich trete nach draußen.

Auch hier liegt Holz auf dem Boden.

Planken wie auf einem Schiff.

Schön sieht das aus.

Die Terrasse ist ziemlich groß.

Platz für ein paar Liegestühle.

Zum Abhängen und Lesen.

Für einen Tisch mit Stühlen zum Essen im Sommer.

Es wär auch Platz für einen Grill.

Und vielleicht sogar für meine alte Hängematte.

In Berlin hatten wir keinen Balkon.

Nur den Garten.
Aber für den mussten wir immer fünf Etagen rauf und runter.
Und dann der Blick!
Wiesen, so weit ich schauen kann.
Und dann dieser Himmel!
Direkt über uns nur Himmel!
Heute ganz besonders blau.
Mit leichten Wolken, weiß wie Schnee.
In der Ferne ein Bauernhof.
Davor Pferde!
Zwanzig? Oder mehr?
Absolute Idylle!
Und das in einer Großstadt mit 600.000 Einwohnern!
So eine wahnsinnige Aussicht!
In Berlin hab ich nur auf Beton geschaut.
Auf graue Fassaden.
In zugemüllte Hinterhöfe.
Ich liebe dieses Grün!
Vor mir nichts als Grün! Dieses saftige Grün!
Und darüber das Blau!
Schön ist das!

Ich schaue nach unten.
Die Terrassen unter mir sind bestimmt dreimal so groß wie unsere.
Sie sehen so aus wie die aus Omas Zeitschriften.
Bepflanzt mit Bäumen und Büschen.
Mit riesigen Sonnenschirmen.
Und mit Liegelandschaften.
Jede hat in der Ecke einen Kugelgrill.

Aber kein Planschbecken, kein Kinderspielzeug.
Auch kein Hund.
Und kein einziger Mensch.
Warum sind die nicht draußen?
Es ist Sommer.
Es ist Sonntag.
Es ist Mittag.
Komisch.

Ich schaue eine Etage tiefer.
In die Gärten.
Der rechte besteht nur aus einem großen Teich.
Ich entdecke Wasserpflanzen, bunte Seerosen.
Am Ufer eine Bank.
Ein paar Gartenstühle, ein Tisch.
Alles aus massivem Holz.
Der Sonnenschirm ist tomatenrot.
Irgendwie einladend.
Aber auch hier ist kein Mensch zu sehen.

Dann schau ich direkt nach unten.
Und was ich da sehe, haut mich total um.
Unter mir das komplette Angebot aus dem Freizeit-
Discounter.
Ich entdecke:
Eine Hängematte, eine Hollywoodschaukel, ein Fuß-
balltor im Bundesligaformat, ein Basketballkorb für
Profispieler, einen Pool, mindestens vier mal zehn Meter!
Zwischen zwei einsamen Bäumen eine Slackline.
Auf der Wiese verstreut mindestens zehn Bälle, alle
Größen und Formen.

Dann noch ein Trampolin, freigegeben frühestens ab zehn.
Eine Outdoorküche mit megagroßem Gasgrill.
Und eine Menge gemütlicher Sessel zum Chillen.
Am Gartenzaun lehnen drei Fahrräder.

Ein rotes Rennrad, ein schwarzes Trekkingrad und ein
goldenes BMX-Rad!

Wer wohnt denn hier?

Ich entdecke niemanden.

Nur auf dem Pool paddeln ein paar kleine gelbe Gummi-
Enten.

Dr. Mönkeberg?

Tessa de Mar?

Die eher nicht!

Sieht alles nach Extremsportler aus.

Obwohl?

Ich hab echt keine Ahnung!

Aber ich muss das rauskriegen.

Bald!

„Hilfst du Oma mal mit den Kisten, Paul?"
Papa und Opa schleppen das alte Sofa durch die Tür.
Wir schleppen und schleppen, bis der Laster leer ist.
„Und jetzt die Regale aufbauen!"
Papa und Opa arbeiten im Turbogang.
Oma räumt unseren Küchenkram in die Schränke.
Ich steh bloß allen im Weg.
Mein Zimmer ist fertig.
Matratze auf dem Boden.
Schreibtisch mit Stuhl vor dem Fenster.
Mein Bücherregal an der Wand.
Meine Legokisten auf dem Boden.
Die Wände sind ziemlich kahl.
Da muss unbedingt was hin.
Hab bloß noch keine Ahnung, was.
Wenn Opa mir ein Hochbett bauen würde, wär mein

Zimmer perfekt!

„Mach doch mal eine Hausbegehung, Paul!

Such mal den Fahrradkeller und die Waschküche und
unseren Kellerraum!"

Papa gibt mir einen Schlüssel.

„Fühl dich zu Hause!"

Ich steh im Flur.

Lausche in die Stille.

Wirklich kein Laut.

Keine Stimmen. Keine Musik.

Nichts.

Meine Ohren hören nichts.

Fast gespenstisch ist das.

Ich aktiviere meine Nase.

Aber auch die empfängt nichts.

Nicht den winzigsten Geruch.

Wird hier nicht gekocht?

Es könnte doch nach Sonntagsbraten riechen …

Tut es aber nicht.

Vielleicht sind ja alle im Urlaub?

Wär möglich. Ist ja Sommer!

Wenn die Tiefgarage leer ist … wär das der Beweis!

Das Treppengeländer ist schmal, aber runterrutschen
geht trotzdem.

Immerhin.

Der gesamte Flur ist weiß gefliest.

Und kein einziger Dreckfleck ist zu sehen.

Also, Kinder gibt's hier bestimmt nicht.

Dann sähe das hier anders aus.

Mit mir brechen hier andere Zeiten an.

Die werden sich alle noch wundern.

Dann bin ich unten.

Vor mir eine schwere Tür.

Mit der Aufschrift: Tiefgarage.

Ich stemme mich dagegen.

Und dann bin ich drin.

Mitten im Autoparadies!

Also, nur wenn man sich für Autos interessiert.

Mir sind Autos egal.

Manchmal sind sie nützlich. Das schon.

Aber von teuren Autos träumen, wie die meisten Jungs in meiner Klasse, sicher nicht ...

Und diese Träume stehen jetzt alle hier.

Ich reibe mir die Augen.

Ja, was ich sehe, ist wahr.

All die teuren Luxuslimousinen stehen vor mir.

Hier in dieser Tiefgarage.

Frisch gewaschen und poliert nebeneinander.

Zwei Audi, die SUV-Klasse, zweimal Mercedes, ein Combi und ein Coupé, zweimal BMW, nicht die ganz dicken, ein Porsche Cayenne, ein Porsche Panamera, ein Mini Cooper ... ganz hinten entdecke ich noch zwei Motorräder. Yamaha.

Was wohnen denn hier für Leute?

Mir wird unheimlich.

Diese Welt kenne ich nur aus der Werbung.

Meine Welt war eine komplett andere.

Wie kann das hier gehen?

Das soll mein neues Zuhause sein?

Mir wird etwas übel.

Hab ich Hunger?
Bloß weg hier.
Wie gut, dass es Oma und Opa gibt!
Da ist es anders.
Und nur fünf Minuten entfernt!
Noch ein Blick in den Fahrradkeller.
Zwei teure Rennräder, zwei E-Bikes. Sonst nichts.
Kein einziges Kinderfahrrad.
Vielleicht machen gerade alle eine Fahrradtour?
Die Autos jedenfalls sind wohl alle da.
Die könnten natürlich auch mit dem Flieger unterwegs
sein!
Genau!

Und jetzt die Waschküche.
In Berlin hatten wir sowas nicht.
Da hatte jeder seine Maschine im Badezimmer.
Oder man ging in den Waschsalon.
Der war gleich um die Ecke.

Und dieser Raum sieht genauso aus wie unser Waschsalon.
Hier stehen sechzehn nagelneue Maschinen nebenein-
ander.
Acht Waschmaschinen und acht Trockner.
Etwas viel finde ich.
Man könnte sich doch auch eine Maschine teilen oder
zwei.
Würde das nicht reichen?
In der Ecke steht ein Wäscheständer.
Dicht bepackt.
Ich schau genauer hin.

Und werde jetzt bestimmt rot.

Was ich sehe, ist fein und leicht und zart.

Der Stoff aus Spitze und Seide …

Die Slips bestehen fast aus nichts.

Und die BHs aus sehr viel Schaumgummi.

Mit sehr vielen Stangen.

Ich glaube, man sagt Dessous dazu.

Genauer muss ich mir das nicht anschauen.

Ich mag das nicht.

Die Wäsche, die in Berlin auf unserer Leine im Garten flatterte, sah ganz anders aus.

Irgendwie bunter. Und aus Baumwolle.

Einfach und praktisch.

Ich trag am liebsten karierte Boxershorts und T-Shirts.

Diese Mädchenunterwäsche in Rosa und Pink mochte ich nie.

Wollte ich nie.

Für mich gabs schon im Kindergarten Jungsunterwäsche.

Am liebsten in blau und grün und türkis.

Bestimmt gehört das Zeug auf der Leine dieser Tessa de Mar.

Aber warum trocknet sie es nicht in ihrer Wohnung?

Will sie unbedingt allen zeigen, was sie für Unterwäsche trägt?

Es gibt wirklich seltsame Menschen.

Ich glaube, dieses Haus ist voll davon.

Schnell wieder nach oben!

Tür zu und die Leute im Haus draußen lassen!

„Es sieht doch schon gut aus, Paul, oder?

Die Regale sind montiert, die Bücher stehen.
Unsere Möbel sind verteilt …"
Papa guckt ganz zufrieden.
„Und morgen zu IKEA, Paul!
Ich glaube, das wichtigste sind Gartenmöbel für den
Balkon, was meinst du?"
Ich nicke.
Der Balkon!
Ja!
Dieser Blick in den Himmel …
Und dann den nach unten … in dieses seltsame Sport-
paradies!
„Ja, unbedingt, Papa!"
Für mich ist der Balkon erstmal das Wichtigste hier!

„Ich kümmer mich jetzt mal um das Essen.
Schluss für heute!", sagt Oma.
„Morgen könnt ihr ja einkaufen und euch selbst
versorgen, wenn ihr das wollt.
Aber heute ist euer Kühlschrank ja noch leer! Es gibt
Reste von gestern."
Mir läuft das Wasser im Mund zusammen!
„Sind noch Bratwürste da?"
Das war eine sehr überflüssige Frage.
Opa hat immer Bratwurstreserven im Haus.
Immer. Für mich!

6. CHAMPAGNER UND STRANDKORB

„Ich geh mit Paul noch kurz von Tür zu Tür.
Klingeln, hallo sagen, uns kurz vorstellen … mehr
nicht!"
„Es scheint aber niemand zu Hause zu sein.
Alles ist so still.
Obwohl, es stehen jede Menge Autos in der Tiefgarage.
Das ist schon etwas seltsam!", sage ich.
„Wir versuchen es.
Lass uns unten anfangen! Im Souterrain. Komm,
Paul!"
Namenschilder gibt es nicht an den Wohnungstüren.
Etwas unpraktisch ist das.
Wie sollen wir die Leute ansprechen?
Unten rechts tut sich nichts.
Wir klingeln dreimal.
Dann geben wir auf.
Unten links dasselbe.
Und so geht das weiter.
Etage für Etage.
Niemand da.
„Vielleicht haben die durch den Spion geguckt.
Uns gesehen und machen uns deshalb nicht auf!",
sage ich.
„Warum sollten sie das?
So schlimm sehen wir doch wirklich nicht aus.
Einen Verbrecher hab ich noch nie gespielt.
Ich bin doch eher der Spezialist für Könige und
Prinzen!"

„Es gibt Menschen, die haben vor allem Angst!"
„Oder einfach kein Interesse an neuen Mitbewohnern",
sagt Papa.

Letzter Versuch.
Ganz oben, neben uns!
Papa klingelt.
Und sofort höre ich ein helles Toctoctoc!
Das könnten High Heels sein.
Und die könnten zu Tessa de Mar passen.
Und zu ihrer Unterwäsche.
Ein Schlüssel dreht sich im Schloss.
Dann noch einer.
Da hat wohl jemand Angst.
Die Tür geht auf.
Und sie steht vor uns.
„Tessa de Mar!", sagt sie.
Sie reicht uns ihre Hand.
„Kommt doch rein!"
Papa hat noch kein Wort gesagt.
So schnell passiert das nicht, dass es Papa die Sprache
verschlägt.
Ja, und dann sind wir drin.
Mitten in einer sehr seltsamen Höhle.
Wände und Decken sind dunkelrot.
Überall stehen plüschige Sofas mit dicken Kissen.
In allen Ecken Blumen in goldenen Vasen.
Silberne Leuchter mit weißen Kerzen.
Und Skulpturen aus Bronze.
Nackte Männer und Frauen.
Ein echt eigenwilliger Geschmack!

In der Mitte des Raumes steht ein plätschernder
Springbrunnen.
Mir ist das alles zu viel!

„Ein Glas Champagner zur Begrüßung?"
Schon ist sie weg, in der Küche.
Es klappert und klirrt, dann macht es plopp!
Als hätte sie uns erwartet.
Auf einem Silbertablett balanciert sie einen
Champagnerkübel.
Um den Flaschenhals
liegt eine weiße
Stoffserviette.

Die Gläser sehen sehr zerbrechlich aus.
Für mich wär das nichts.
In meiner Hand wären die sofort kaputt.
„Eine Cola für dich?
Oder lieber Apfelsaft?"
„Cola wär okay!", sage ich.
„Darf ich auf den Balkon?"
„Aber ja doch, Schätzchen. Fühl dich wie zu Hause!"
Schätzchen!
Die hat ja echt einen Knall!
Wie kommt die dazu, mich Schätzchen zu nennen?
Die Einzige, die das darf, ist Mama.
Und Oma.
Sonst niemand!
Wie halte ich die bloß aus?
Und wie die sich jetzt an Papa ranschmeißt!
Denkt wohl, wir sind ein Männerhaushalt!
Und sie kann sich meinen Papa angeln.
Wo sind wir bloß gelandet?
Der Balkon ist meine Rettung!
Der Blick nach unten, der fasziniert mich.
Und die Frage, wer wohnt da unten?
Zum Glück ist ihr Balkon nicht so zugemüllt wie ihr
Wohnzimmer.
Leichte weiße Gartenmöbel und ein Strandkorb. Mehr
nicht.
Ja, ein Strandkorb!
Den hätte ich auch gerne.
Aber der kostet zu viel.
Viel zu viel!
Aber meine Hängematte ist auch okay!

Tessa de Mar bringt mir eine Cola und eine Schale mit
Erdnüssen.

Das finde ich nett.

Jetzt erst merke ich, dass ich viel zu lange nichts
gegessen habe.

Mein Magen knurrt.

Und die Bratwürste warten.

„Ich hätte auch Schokolade.

Oder vielleicht ein Eis?

Oder beides?"

Sie lächelt mich an.

Und das Lächeln ist schon irgendwie sympathisch.

Obwohl ich schnell wieder wegschauen muss.

Denn das, was ich sehe, ist echt nicht mein Geschmack.

Sie ist schlank, zu schlank.

Sie trägt Leggings. Dazu ein Top.

Alles sehr sehr eng.

Zu eng, finde ich.

Und dann die Farbe!

Schwarz und Gold.

Mit Leopardenmuster.

Ihre Haare sind schulterlang.

Und schwarz wie die Nacht.

Goldene Spangen und Kämme.

Aber das Schlimmste, das ist ihr Make-up.

Schwarze Wimpern wie Spinnenbeine.

Knallrote Lippen.

Rot wie Blut!

Irgendwie ekelig.

Wer will solche Lippen küssen?

Ich steh auf Natur.

So wie Mama.

Die schminkt sich nur, wenn sie auf der Bühne steht.

Sonst nie!

Und dann noch der Schmuck!

Goldene Ketten, goldene Armreifen, goldene Ohrringe, groß wie Wagenräder!

Sehr gewöhnungsbedürftig!

Solche Frauen hab ich bis jetzt noch nicht kennengelernt.

Aber nett ist sie schon.

Jetzt bringt sie mir eine Tafel Schokolade.

Vollmilchnuss … mein Favorit.

Woher weiß sie das?

Und ein Magnum Classic!

Das liebe ich auch.

„Danke!"

Dann schau ich nach unten.

Bin völlig fasziniert von all dem Zeug, das da so rumsteht.

Ob das überhaupt benutzt wird?

Sieht alles ziemlich neu aus!

Und immer noch ist niemand zu sehen.

Ob sie mir sagen kann, wer da wohnt?

Ich muss das wissen.

Jetzt sofort!

Die beiden sitzen auf dem roten Samtsofa.

So als wären sie uralte Freunde.

Die Stimmung ist heiter, sie lachen.

Tessa schenkt nach.

Wahrscheinlich ist die Flasche gleich leer.
Aber ich mag nicht, wie sie Papa anschaut.
Sieht irgendwie nach Anmache aus.
Wehe!
Dann fahr ich meine Krallen aus!
„Wer wohnt denn da unten?
In dem Garten mit den Sportgeräten?"
„Ich hab keine Ahnung!", sagt sie.
„Aber gefragt hab ich mich das auch schon.
Wer müllt sich seinen Garten so komplett zu?
Mit diesem ganzen Kram."
Dabei schaut sie mich an, ja mich.
Und ihr Lächeln ist jetzt für mich.
Nicht für Papa.

„Ich bin selbst erst vor vier Wochen hier eingezogen.
Hab parallel dazu eine Boutique eröffnet.
Hatte viel zu tun.
Hab noch niemanden kennengelernt.
Auch noch niemanden getroffen.
Wenn ich morgens aus dem Haus geh, sind alle schon
weg.
Und wenn ich spät am Abend zurückkomme, sind alle
wahrscheinlich schon im Bett.
Deshalb bin ich so froh, dass ihr geklingelt habt!"

Sie trinkt ihr Glas leer.
„Ich freu mich sehr, dass ihr meine neuen Nachbarn
seid!
Was hab ich mit euch beiden für ein Glück!"
Sie steht auf.

„Soll ich noch eine Flasche öffnen?"

Sie schaut Papa an.

Der steht auf.

„Wir sind jetzt verabredet.

Aber später vielleicht? Am Abend?"

„Da freu ich mich!", sagt sie.

„Soll ich was zu essen vorbereiten!

Vielleicht eine Pizza?"

Dabei schaut sie mich an.

„Du magst doch Pizza, oder?"

Ich nicke.

Und frage mich, ob sie wohl auch den Namen von

Mama auf dem Klingelschild gelesen hat?

„Die Pizza vielleicht ein anderes Mal!", sagt Papa.

„Wir werden jetzt abgefüttert, das reicht dann bis

morgen!"

„Gut!", sagt sie.

Und schaut ein wenig enttäuscht.

„Dann bis zum Drink am Abend auf dem Balkon.

Sonnenuntergang inklusive.

Das ist überhaupt das Beste an unseren Wohnungen.

Der Sonnenuntergang!

Und dann der Sternenhimmel in der Nacht!

Gigantisch!"

„Bis später dann!", sagt Papa.

„Bis nachher!", sagt sie.

Ich weiß noch nicht, ob ich mitkomme.

Wir haben ja selbst einen Balkon mit Sonnenuntergang.

Nur keinen Strandkorb.

Und Papa hat die Hängematte noch nicht montiert.

„Wie findest du sie?"

Wir stehen vor dem Omaopahaus.

„Sie ist nett.

Wir haben Glück gehabt mir ihr.

Wer weiß, wer da sonst noch wohnt!", sagt Papa.

„Aber wie sie ausschaut!

Und wie sie eingerichtet ist!"

„Ich finde, das passt zu ihr.

Sie ist anders als wir.

Sie hat einen anderen Geschmack.

Aber sie ist trotzdem sympathisch.

Gastfreundlich.

Großzügig.

Und bestimmt hilfsbereit.

So eine Nachbarin zu haben ist wie ein Sechser im Lotto!", sagt Papa.

„Ich hab da ein gutes Gefühl!"

„Aber wenn die sich an dich ranmacht, kriegt sie Ärger mit mir!"

Papa lacht.

„Keine Chance!", sagt Papa.

Er schließt das Omaopahaus auf.

Ich überfalle Oma und Opa mit einem dicken Kuss.

„Bin mal kurz im Keller!", sage ich.

Ja, so fängt sie wohl an, die Sucht!

Ich greife nach der Fernbedienung und geh auf die Reise.

Und obwohl mein Magen entsetzlich knurrt … kann ich nicht aufhören.

Erst dann, als Papa mir die Fernbedienung aus der Hand nimmt.

Und auf den roten Knopf drückt.

7. DAS GEHEIMNIS LIEGT AUF DER HOLLYWOODSCHAUKEL

Der Sonnenuntergang war wirklich wie im Bilderbuch.
Ich hab in Tessas Strandkorb gelegen.
Ganz gemütlich Chips und Cola in mich reingestopft.
Und dann ist die fette rote Sonnenkugel ganz langsam verschwunden.
Wie im Meer versunken, so sah das aus.
Total schön!
Und das kann ich ab sofort jeden Abend haben!
Na ja, wenn keine dicke Wolkendecke da ist … nur dann!
Aber als die Sonne weg war, hab ich meine Position verändert.
Ich hab mich an die Brüstung gelehnt.
Und nur noch runtergeschaut.
Aber viel gesehen hab ich nicht.
Im Garten war niemand.
Aber in der Wohnung schien Licht zu sein.
Und das warf einen leichten Strahl in den Garten.
Einige Geräte waren deutlich zu erkennen.
Sonst passierte nichts.
Auch die anderen Balkone lagen im Dunkeln.
Um elf bin ich in unsere Wohnung gegangen.
Ganz freiwillig.
Papa und Tessa waren noch dabei, sich sie Highlights aus ihrem Leben zu erzählen.
Das würde also noch dauern.
„Gute Nacht!", sage ich.

„Und danke!"
Bevor ich mich auf meine Matratze geworfen habe, bin
ich noch einmal auf den Balkon.
Mit Blick nach unten.
Nichts Neues.
Aber eine neue Sucht.
Schon die Zweite, die mich hier voll im Griff hat.
War ich in Berlin süchtig auf irgendwas?
War ich nicht!

Papa steht vor meiner Matratze mit einem Becher
Kakao in der Hand.
Die Sonne knallt ins Zimmer.
„Es ist elf, Paul!
Ich hab schon eingekauft.
Jetzt wäre IKEA dran.
Da brauch ich dich!"

Es dauert etwas, bis ich kapiere, wo ich bin.
Sofort springe ich aus dem Bett.
Ab auf den Balkon.
Und runterschauen!
Aber: alles ist unverändert.
Niemand da!
Ich bin enttäuscht!
Schnell zwei Brötchen und los.

Bei IKEA ist es voll.
Ich mag das nicht.
Das Gerenne, Geschiebe.
Aber Papa ist gut vorbereitet.

Er hat einen Plan.

Er weiß, was er will.

Ich sage zu allem: ja!

Für das Arbeitszimmer einen Schreibtisch plus
Schreibtischstuhl.

Ein Schlafsofa für Gäste.

Einen Schrank für Klamotten und Ordner.

Für die Küche kaufen wir einen Tisch mit vier Stühlen.

Aber mich interessiert ja sowieso nur der Balkon.

Und der bekommt zwei Liegestühle.

Der Bezug rotweißgestreift.

Sieht super aus.

Dazu einen weißen Tisch mit vier Stühlen.

Und einen Sonnenschirm.

Knallrot!

Fertig!

„Ein paar Pflanzen, Paul?"

„Heute nicht!", sage ich.

Ich will schnell wieder zurück.

Meinen Beobachtungsposten einnehmen.

Aber das sage ich nicht.

„Vielleicht ein paar Teppiche?

Es ist noch ziemlich viel Geld übrig!"

„Nicht alles auf einmal!", sage ich.

Ich will bloß weg.

Papa hat jetzt erstmal zu tun.

Er baut die Möbel zusammen.

Das kann dauern.

Papa ist nicht so der Handwerkertyp.

Vielleicht muss er Opa zum Helfen holen.

Ich flitze zum Balkon.

Mein Herz klopft.

Bin etwas aufgeregt.

Irgendwann muss sich da unten doch was zeigen …

Muss jemand die Geräte benutzen.

Da wohnt doch jemand.

Obwohl, ein Klingelschild war leer.

Und auch ein Briefkasten hatte keinen Namen.

Vielleicht ist jemand ausgezogen?

Hat den ganzen Kram einfach hiergelassen?

Wenn das so wäre, könnte ich doch alles benutzen!

Für mich wär das da unten das Paradies!

Echt!

Ich könnte den ganzen Tag mein Sportprogramm durchziehen.

Jeden Tag!

Vielleicht wär dann doch noch eine Profikarriere drin …

Zweimal in der Woche Training!

Das bringts nämlich nicht!

Ich zähle die Enten auf dem Pool.

Dreizehn Stück paddeln gemütlich vor sich hin.

Warum gerade dreizehn?

Meine Lieblingszahl!

Mehr Bewegung gibt's nicht da unten.

Mein Blick wandert zur Hollywoodschaukel.

Und da setzt für einen Moment mein Herzschlag aus.

Auf der weißen Hollywoodschaukel liegt was.

Was riesiges Schwarzes.

Nimmt die gesamte Sitzfläche ein.

Das lag da mit Sicherheit noch nicht.
Gestern nicht.
Und heute Früh auch nicht.
Was ist das?
Ich kann es nicht erkennen.
Vielleicht hat Mama ja doch recht.
Und ich brauch eine Brille.
Damit fängt sie immer wieder an.
Aber Paul Rosental mit Brille!
Wollte ich nicht!
Niemals.
Aber jetzt merk ich es selbst.
Jetzt ist sie fällig.
Ich kneife die Augen zusammen.
Aber das bringt es auch nicht.
Das schwarze Riesenteil bleibt ein Phantom.
Jetzt bewegt es sich!
Vielleicht ein Hund?
So ein zotteliger schwarzer Hütehund?
Den ich mir schon immer gewünscht habe?
Mein Herz klopft.
Ob ich mit dem mal Gassi gehen darf?
Wenn das wirklich ein Hund ist, dann ist mein Glück
hier perfekt.
Das schwarze Wesen streckt sich.
Wie riesig das ist!
Gibt es so riesige Hunde?

Jetzt springt es von der Schaukel.
Steht auf den Hinterbeinen.
Hebt die Vorderbeine.

Ist bestimmt zwei Meter groß.
Jetzt schaut es nach oben.
Direkt hinauf zu mir.
Hebt das rechte Vorderbein und winkt mir zu.
Ich sehe schneeweiße Zähne und ein Lachen.
Solche weißen Zähne hat kein Hund.
Und so lacht kein Hund.
Das schwarze Wesen da unten ist ein Mensch.
Der streckt sich jetzt, winkt mir zu und sagt „Hallo"!
Er meint mich.
Nur mich.
Sonst ist ja niemand da.

Ich winke zurück.
„Hallo!", sage auch ich.
Dann springt er in den Pool.
Und taucht unter.
Das würde ich jetzt auch gerne tun.
Was ist das bloß für ein Typ?
Er ist groß.
Vielleicht zwei Meter?
Er ist schlank und muskulös.
Er sieht jung aus.
Vielleicht zwanzig?

Er trägt schwarze Boxershorts.
Sonst nichts.
Und die ist genauso schwarz wie seine Haut.
Kohlrabenschwarz.
Stark!
Wie die weißen Zähne geleuchtet haben!
Wer ist das?
Wohnt der hier?
Alleine?
Oder mit Familie?
Ob er Geschwister hat?
Jüngere?
Vielleicht so alt wie ich?
Das wär toll!
Das Haus ist so still.
Zu still.
In Berlin war immer was los.
Manchmal auch zu viel.
Wenn er jüngere Geschwister hat, dann bestimmt
keine Schwestern.
Keine Puppe, kein Puppenwagen.
Keine Bälle und Schwimmtiere in Rosa und Pink.
Das da unten ist ein Paradies für sportliche Jungs.
So wie mich.

Bei mir gabs ja auch keine Mädchensachen.
Aus dem Ballett bin ich ausgestiegen, weil mir da zu
viel rosa war.
Ich mochte keine Puppen, keine Barbies.
Ich fand „Lillifee" und „Hello Kitty" total doof.
Eisprinzessinnen und Einhörner!

Und den ganzen Glitzerkram.
Ich mochte keine Kleider und Röcke.
Keine Mädchenschuhe.
Ich liebte immer schon die Farbe Blau und Grün und
Türkis.
Spielte am liebsten mit Autos und Lego.
Kletterte gerne auf Bäume, machte mich gerne dreckig.
Und meine Leidenschaft war der Fußball.
Immer und überall, wo es einen Ball gab, musste ich
kicken.
Und ich liebte immer schon Hosen und Kapuzenpullis.
Bikinis fand ich grässlich.
Boxershorts fand ich gut.
Und Sportschuhe.
Im Winter Anoraks.
Mehr hab ich nie gebraucht.
Und auch nicht gewollt.
Und Mama und Papa haben mich gelassen.
Immer schon.
Aus ihrer kleinen Paula wurde ganz langsam ihr Paul.
Vor drei Jahren hab ich meinen Mädchennamen abge-
legt.
Der steht jetzt nur noch in meinem Personalausweis.
Seit drei Jahren bin ich Paul.
Und das fühlt sich gut an.
Und richtig.
Und ich würde es am liebsten allen sagen!
Diese Heimlichtuerei hier mag ich nicht.
Warum tun Mama und Papa sich hier auf einmal so
schwer damit?
In Berlin war alles so leicht.

Aber in Berlin haben alle immer noch geglaubt, dass es sich wieder ändert.

Und ich eines Tages wieder ein Mädchen sein will.

So ein richtiges Mädchen!

Mit langen blonden Haaren.

Das sich zum Geburtstag einen Schminkkoffer wünscht.

Niemals wird das passieren.

Niemals.

Meine größte Sorge ist momentan, dass ich einen Busen kriege.

Oder meine Tage.

Das passt nicht zu mir.

Denn ich bin Paul!

Ein richtiger Junge!

Würde ich in Norwegen wohnen, wär alles leichter.

Dort kann man schon mit sechs Jahren entscheiden, ob man ein Mädchen oder ein Junge sein will!

Ein Formular ausfüllen.

Fertig.

Und im Pass steht dann das, was man sein will.

Und ist.

Ganz offiziell.

Schade, dass ich nicht in Norwegen wohne.

Aber ein Drama war es für mich bis jetzt nicht.

Okay, bei manchen Mädchen wurde ich nicht mehr eingeladen.

Manche Eltern fanden mich komisch.

Aber nicht alle.

Es blieben noch genug übrig, die mich gut fanden.

Als Paul.

Der Schwarze klettert aus dem Pool.
Und trocknet sich ab.
Wieder winkt er mir zu.
Sagt „Hallo!"
Auch ich sage „Hallo!"
Dann ruft er mir etwas zu.
Immer wieder die scheinbar gleichen Sätze.
Aber ich versteh nichts.
Kein einziges Wort.
Was ist das für eine Sprache?
Eine afrikanische?
Dann winkt er mir ein letztes Mal zu.
Und geht ins Haus.
Ich bin fürs Erste ganz zufrieden.
Der Typ gefällt mir.
Wirkt irgendwie locker und entspannt.
Ich glaube, der lässt mich mal in seinen Gerätegarten.
Bestimmt macht er das.
Wir könnten sogar Fußball spielen.
Auf der richtig großen Wiese hinter seinem Garten.
Die ist fast so groß wie ein echtes Fußballfeld.
Dann träum mal weiter, Paul!
Ja, mach ich auch!

Papa braucht meine Hilfe.
Wie gut, dass ich jetzt Zeit hab.
Vorläufig kommt er bestimmt nicht in den Garten.
Aber was macht er im Haus?
Vielleicht was kochen?
Oder was arbeiten?
Aber was?

Er könnte Student sein.

Dann hat er jetzt Ferien.

Vielleicht hat er auch ein Homeoffice?

Macht irgendwas mit Computern?

Das krieg ich schon noch raus.

„Soll ich Opa holen?"

Wir quälen uns jetzt schon seit vier Stunden mit unseren Ikea-Produkten.

Ich finde die Anleitung etwas kompliziert formuliert.

Und Papa ist auch andere Texte gewöhnt.

„Vielleicht haben die uns auch das Falsche gegeben.

Das soll ja nicht selten vorkommen.

Falsche Bretter, falsche Schrauben.

Und wir werden wahnsinnig!

Ich glaube, ohne Opa schaffen wir das nicht!

Was meinst du, Paul?"

Ich nicke.

„Soll ich ihn holen?"

Papa schaut auf die Uhr.

„Vielleicht hat er Feierabend.

Ich kann ihn anrufen!"

„Aber ich hab Lust auf eine Runde Fahrrad.

Brauch etwas Bewegung!"

„Dann geh am Waschkeller vorbei.

Ich hab Waschmittel besorgt.

Unsere Maschinen stehen gleich rechts neben der Tür.

Stell alles daneben auf den Boden."

Ich könnte den Aufzug nehmen.

Aber ich bin viel zu neugierig.

Vielleicht treffe ich unterwegs jemanden …

Aber ich hab kein Glück.

Der Fahrradkeller liegt direkt neben der Tiefgarage.

Und da seh ich Neuigkeiten.

Ein paar Autos sind weg.

Auch der Mini.

Der könnte Tessa gehören.

Würde zu ihr passen.

Übrig sind die beiden Porsche und ein Audi SUV.

Auch die beiden Yamahas.

Die vier Fahrräder sind auch noch da!

Was würde zu ihm passen?

Zu meinem neuen Freund (ich nenn ihn jetzt einfach mal so), dem Schwarzen?

Ein Motorrad?

Aber vielleicht fährt er ja auch Rad.

Immerhin hat er drei zur Auswahl.

Noch schnell die Waschmittel loswerden, dann aufs Rad.

Die Reizwäsche ist weg.

An der Stelle des Wäscheständers liegt jetzt eine Tasche.

Eine große schwarze Sporttasche.

Und die ist offen.

Wem gehört diese Tasche?

Und was ist da wohl drin?

Ich muss das genauer wissen.

Was herausquillt, ist lauter Sportzeug.

Klamotten in den Farben dieser Stadt.

Die Farben des deutschen Meisters.

Das muss ein echter Fan sein.

Mein Herz klopft.

Ich weiß, was ich da tue, sollte man nicht tun ...
Aber ich muss das jetzt machen.
Keine Ahnung, wo plötzlich die ganze Neugier her-
kommt.
Ich ziehe alles aus der Tasche.
Und dann liegt es vor mir.
Fünf T-Shirts, fünf Shorts, fünf Trainingshosen, fünf
Kapuzenpullis.
Viele viele Socken und Stutzen.
Unterwäsche.
Und auf allen Teilen auf dem Rücken eine fette 13.
Keine Ahnung, wer das sein soll.
Die Nummer 13.
Wer braucht so viel Sportklamotten?
Und wer gibt so viel Geld für solche Sachen aus?

Irgendwo höre ich eine Tür schlagen.
Schnell pack ich alles wieder ein.
Und was war das für eine Größe?
Könnte Papa passen.
Papa ist 1,88.
Ziemlich groß!

Mein Herz klopft noch lange.
Mein neues Leben fängt ziemlich aufregend an.
Ich hab viele viele Fragen.
Und hab keine Ahnung, was mir hier noch alles passiert!
Es könnte spannend werden.

Ich fahr nicht auf direktem Weg zu Opa.
Mich zieht es zu meiner neuen Schule.

Die sieht so aus, wie Schulen normalerweise aussehen.
Nichts Besonderes.
Ein großer Betonplatz mit Klettergerüst.
Das wars auch schon.
Aber nur noch ein Jahr.
Dann gibt's eine neue Schule.
Die sieht dann vielleicht anders aus.
Ich fahr ein Stück weiter.
Und bin auf dem Trainingsgelände von meinem neuen
Verein.
Da schlägt mein Herz schon ganz anders.
Eine super Anlage ist das hier.
Alles ziemlich neu.
Nicht so angegammelt wie in Berlin.
Ein neues Vereinshaus mit Wintergarten.
Ein Kunstrasenplatz.
Ringsherum Grün.
Man sieht keine Häuser, keine Straßen.
Hört keine Autos.
Man sieht nur Bäume.
Eine echte grüne Oase ist das hier.
Es gibt eine Tribüne für Zuschauer.
Und eine riesige Flutlichtanlage.
Da freu ich mich schon auf den Winter.
Wenn es stockdunkel ist.
Und durch Knopfdruck alles so hell wird wie am Tag.
Aber jetzt sind Ferien.
Kein Training, kein Turnier.
Nur ein Vater, der mit seinem Sohn aufs Tor kickt.
Ob Papa dazu Lust hat?
Hier mit mir zu trainieren?

Ich glaube eher nicht.

Fußball ist nicht so sein Ding.

Er hat mich zwar zum Training begleitet und zu den Spielen am Wochenende.

Aber selbst gegen einen Ball treten, das ist nichts für Papa.

Außerdem viel zu gefährlich.

Wie soll er seine Rollen spielen, wenn er sich verletzt?

Mit Gipsbein?

Ich werde Opa fragen.

Der ist für sein Alter noch ziemlich fit.

Und Spaß hat er auch am Kicken.

Ich hoffe nur, dass ich in meiner Mannschaft klarkomme.

In einer echten Jungsmannschaft hab ich ja noch nie gespielt.

Etwas Angst hab ich schon.

Dass ich zu langsam bin.

Dass ich kein Tor treffe.

Dass die anderen mich mobben.

Weil ich ein Loser bin.

Und hoffentlich kriegen sie nie raus, dass ich eigentlich ein Mädchen bin.

Ich trete in die Pedale.

Unsere Möbel!

Die hab ich glatt vergessen!

Schnell zum Omaopahaus!

Da riecht es schon im Vorgarten.

Ganz lecker nach Abendessen.

Der Grill ist in Betrieb.

Omaopa haben Besuch.
Die Nachbarn aus der anderen Doppelhaushälfte sind da.
Die sind vor drei Jahren eingezogen.
Da war ich schon Paul.
Also muss heute niemand irgendwas erklären.
Gut so.
Sie sind jung.
Jünger als Mama und Papa.
Die Kinder sind noch klein.
Zwei kleine Jungs.
Vier und sieben.
Aber zum Fußballspielen alt genug!

Ich erzähle Opa von unserem Schlamassel.
Der verspricht, nach dem Essen zu kommen.
Und uns zu retten.
Ich rufe Papa an.
Und erlöse ihn von seiner verhassten Bastelarbeit.
„Papa, hör mal, Opa hat den Grill angeworfen.
Er will das schöne Wetter ausnutzen.
Wer weiß, wann der Sommer vorbei ist!"

8. MAMA KOMMT!

„Noch vier Wochen Ferien, Paul!

Wir sollten wegfahren!

Was meinst du?

Der Wetterbericht verspricht noch viel Sommer.

Wie wärs mit der Ostsee?"

Oma hält mir einen Prospekt unter die Nase.

Ich sehe Dünen und Strandkörbe.

Dahinter ein türkisblaues Meer!

Am dunkelblauen Himmel weiße Möwen im Flug.

Der Wahnsinn!

„Wann geht's los?"

Ich würde am liebsten sofort meinen Rucksack
packen.

Sofort!

Aber am Wochenende kommt Mama.

Da muss ich hier sein.

Will ich hier sein!

Unbedingt!

Oma errät all meine Gedanken.

Das war schon immer so.

„Wenn deine Mama weg ist, können wir losfahren.

Ich hab eine Wohnung gefunden.

Mit Meerblick.

Dein Papa wohnt im Nachbardorf.

Da haben wir Glück gehabt!"

Ja, Papa!

Für den bricht jetzt eine harte Zeit an.

Zwei Monate auf der Bühne.

In alten Kirchen und Schlössern spielt seine Truppe in diesem Jahr den „Faust" von Goethe.

Papa spielt den Mephisto.

Eine wichtige Hauptrolle.

Papa auf der Bühne!

Ich liebe das.

Wenn er in seinem Kostüm und seiner Maske steckt, erkenne ich meinen Papa nicht wieder.

Das ist schon irre.

Von den Stücken versteh ich meistens nichts.

Die Sprache von Goethe und Schiller ist mir fremd.

Wirkt irgendwie altertümlich.

Meistens schlafe ich schon nach den ersten Minuten ein.

Trotzdem will ich immer wieder hin.

Am liebsten in jede Vorstellung!

Mein Papa als König oder Prinz oder Teufel!
Das ist schon toll!

Eine Woche noch.
Dann geht's los!
Die nächsten Tage vergehen wie im Flug.
Die Wohnung sieht jetzt richtig gut aus.
Opa hat die Möbel zusammengebaut.
Papa hat im IKEA-Rausch Teppiche und Pflanzen
gekauft.
Im Wohnzimmer hängen Bilder an der Wand.
Große bunte sehr schräge Objekte.
Aus Omas Atelier.
Wenn ich mit Oma an der Ostsee bin, wird Opa mir
ein Hochbett bauen.
Damit wär dann alles perfekt.

Und hier im Haus?
Ich schau immer noch in jeder freien Minute
(und davon gibt's viele) nach unten.
Es gibt aber nichts Neues.
Der Schwarze scheint wirklich dort zu wohnen.
Und zwar allein.
Das ist schon sehr komisch.
Und zu arbeiten scheint er auch nicht.
Gut, manchmal ist er weg.
Aber meistens ist er da.
Dann liegt er auf der Hollywoodschaukel.
Stöpsel im Ohr.
Wackelt im Takt.
Fummelt am Handy oder Tablet.

Zwischendurch springt er in den Pool.

Balanciert auf der Slackline.

(Würde ich auch gerne ausprobieren.

Sieht aber schwer aus!)

Er schlägt Saltos auf dem Trampolin.

Und knallt Bälle auf sein Tor.

Immer und immer wieder.

Stundenlang.

Toll macht er das!

Aber wie er die Basketballbälle in seinen Korb schmettert!

Total irre!

Auch das macht er stundenlang!

Ob er mich mal einlädt?

Nach unten?

Zum Mitspielen?

Momentan wär das mein größter Wunsch!

Mein allergrößter!

Heute habe ich ihn auf der Straße gesehen.

Ein Taxi fuhr vor.

Und er stieg aus.

Ich hab ihn fast nicht wiedererkannt!

Er trug total schicke Klamotten.

Eine dunkelblaue Jeans.

Ein sehr buntes Hemd.

Schwarze Lackschuhe.

Sah alles nagelneu aus.

In seinen Händen baumelten ein paar Einkaufstaschen.

„Der war gerade beim Edeldesigner der Stadt.

Da zahlst du für eine Hose so viel, wie ich gerade mal
im Monat verdiene!", sagte Papa.

„Was hat der wohl für einen Job?"
Papa guckte nachdenklich.
„Vielleicht gehört ihm der Laden?", sagte ich.
„Ja, vielleicht!", sagte Papa.
„Das sind schon seltsame Leute hier!
Eine andere Welt ist das!"

Inzwischen haben wir schon einige Mitbewohner
getroffen.
Beim Briefkasten.
Am Müllcontainer.
In der Waschküche.

Menschen zwischen vierzig und fünfzig.
Alle irgendwie gleich.
Mit schicken Klamotten.
Geschminkt und gepflegt.
Freundlich, aber sehr distanziert.
Ihr Blick sagt ganz klar: Mehr Kontakt als „Guten
Tag!" möchten wir nicht.
„Was meinst du, Papa, womit verdienen die wohl ihr
Geld?"
„Vielleicht sind es Anwälte oder Ärzte.
Vielleicht Manager, vielleicht Versicherungsmakler
oder Banker!
Schauspieler oder Handwerker bestimmt nicht."
Dann kommt Mama!
Und ich weiche nicht mehr von ihrer Seite.
Wie ein kleines Entenküken laufe ich hinter Mama her.
Egal wohin.
Sogar aufs Klo.
Vier lange Tage lang!
Dann ist sie wieder weg.
Also muss ich meinen Tank füllen.
Den Mamatank!

Sie findet unsere neue Wohnung schön.
Vor allem den Balkon.
Jetzt im Sommer.
Und der Sonnenuntergang macht sie richtig süchtig.
Kein Abend, an dem wir nicht bis Mitternacht in den
Himmel glotzen.
Sterne zählen und in den Mond starren.
Ich schlafe immer irgendwann ein.

Papa trägt mich dann ins Bett.

Die Tage mit Mama fliegen davon.
Morgens lange im Bett liegen.
Ja, im Bett frühstücken.
Dann auf die Räder und ab ins Schwimmbad.
Oder in den Wald.
Oder an den Fluss.
Und abends lange kochen.
Mamas Lieblingsgerichte.
Momentan steht sie auf asiatisch.
Viel Gemüse, etwas Huhn und ganz viele Gewürze.
Ich liebe es scharf.
Chili und Curry!
Hmmm!

Aber dann ist sie weg.
Ich steh am Bahnsteig und heule.
Papa kauft mir ein Eis.
Drückt mich an sich!
„In drei Wochen ist sie wieder da!"
Drei Wochen können sehr sehr lang sein.
Wie gut, dass ich jetzt meinen Rucksack packen kann.
Zwei Wochen Ostsee.
Und Papa jeden Tag sehen.
Ja!
Es gibt Kinder, die haben überhaupt keine Eltern!
Ich schlucke die Tränen runter.
Und beiße in mein Magnum.
Es schmeckt.
Es schmeckt so gut wie immer.

9. OSTSEE MIT OMA

Mein Rucksack ist schnell gepackt.
Eigentlich brauch ich nur die Badehose.
Sonst nichts.
Gut, Wechselwäsche, eine kurze Hose, T-Shirts.
Sandalen.
Das reicht.
Auch Papa packt.
Er fährt auch morgen los.
Aber erstmal nach Berlin.
Da hat er noch zwei Tage Probe.

Die letzte Nacht!
Die vorläufig letzte.
Denn wenn ich von der Ostsee komme, werde ich bei
Oma und Opa wohnen.
Mama ist dann auf Tournee in Österreich.
Papa an der Ostsee.
An meinem ersten Schultag hier haben sich beide frei
genommen.
Das kriegen sie irgendwie immer hin.
Zu wichtigen Terminen sind sie ganz sicher da.
Zum Geburtstag!
Und zu Weihnachten!
Und zwischendurch.
So oft es geht!
Darauf kann ich mich verlassen.
Aber es gibt auch Zeiten, da sind sie richtig lange da.
Zwei, drei Monate am Stück.

Dann hab ich sie komplett für mich.
Den ganzen Tag.
Die ganze Nacht.
Mama lernt dann neue Rollen.
Papa schreibt an einem Theaterstück.
Und auch wenn ich sie dann nicht störe, weiß ich
doch, dass sie da sind!
Dieses Gefühl kann ich nicht beschreiben!
So schön ist das!
Und sehr kostbar!

Mama kommt in drei Wochen wieder.
Und dann bleibt sie zehn Tage!
Zehn Tage am Stück!
Zehn Tage nur für Paul!
Wenn das nicht das große Glück ist?

Ein letzter Blick vom Balkon.
Aber es ist niemand da.
Schade!
Ich hätte ihm gerne Tschüss gesagt.

Oma wartet schon.
Mit dem alten großen Volvo Kombi.
Der ist so groß, dass sogar unsere Räder in den Innen-
raum passen.
Ich sehe eine Luftmatratze, einen Eimer und zwei
Schaufeln.
Und meine beiden Lieblingsbälle.
Die aus echtem Leder.
„Für alle Fälle!", sagt Oma.

„Gute Idee!", sage ich.
„Für das Sandspielzeug bist du zu alt, oder?
Fast hätte ich noch den Bagger eingepackt.
Aber ich dachte mir, damit ist jetzt vielleicht Schluss!"
Eigentlich etwas schade, denke ich.
Aber ich hätte den Bagger auch nicht eingepackt.

Dann geht's los.
Ab auf die Autobahn.
Auf der Rückbank entdecke ich den Picknickkorb!
Mir läuft schon das Wasser im Mund zusammen.
Omas Picknickkörbe!
Hmmm!
Frikadellen, Kartoffelsalat, hart gekochte Eier.
Brote mit meinem Lieblingsaufschnitt von meinem
Lieblingsmetzger.
Sülze und Salami.
Leberwurst und Schinken.
„Wann machen wir Pause?"
Oma kennt das schon.
„Zweihundert Kilometer will ich erstmal schaffen.
Hältst du das durch?"
Na ja, verhungern werde ich nicht.
Ich tröste mich mit einem Kaugummi.
Und stoppe damit den Speichelfluss.

„Soll ich ein Hörspiel einlegen?"
Ich schüttle den Kopf.
Ich schließe lieber die Augen.
Und träume vor mich hin.
Denke an dies und das.

Und freu mich auf alles, was kommt!
„Weck mich, wenn es Picknick gibt!"

Als Oma mich weckt, ist es schon drei.
Ich sehe Wiesen und Äcker.
Kaum ein Haus.
Nur einen sehr blauen Himmel mit weißen Schäfchen-
wolken.
Wir stehen auf einem Parkplatz mitten im Grün.
Es gibt Tische und Bänke.
Wir sind fast allein.
Oma packt den Picknickkorb aus.

„Und? Wie weit sind wir gekommen?"
Ich reibe mir die Augen.
„Wir sind bald da.
Noch hundert Kilometer.
Du hast so tief geschlafen, da wollte ich dich nicht
wecken …
Aber jetzt knurrt auch mein Magen.
Und außerdem brauch ich mal eine Pause."
Oma zeigt auf die WC-Anlage.
Ja, auch meine Blase meldet sich.
Und dann ärgere ich mich ein wenig, dass ich kein
Stehpinkler bin.
So wie der Typ, der jetzt aus dem Wagen steigt.
Dem ist der Gang zur WC-Anlage zu weit.
Der sprintet an den nächsten Baum und pinkelt ein-
fach los.
Männer haben es da echt leicht.
Obwohl, einfach so an Bäume pinkeln?

Würde ich nie machen.
Ob ich das jemals richtig kann?
Pinkeln wie richtige Männer?
Ich müsste mich dann operieren lassen.
Aber das geht jetzt sowieso noch nicht.
Da muss ich erst ausgewachsen sein.
Dann ist das nicht sehr kompliziert.
Für Chirurgen kein Problem.
Einen Penis konstruieren.
Aber noch bin ich davon weit entfernt.
Oma kommt zurück.
Ich begebe mich aufs Männerklo.
Ich habe Glück.
Die Kabine für Sitzpinkler ist frei.

Oma hat schon den Tisch gedeckt.
Für mich gibt's Apfelsaft.
Und dann leg ich los.
Bin total ausgehungert.
Zwei Frikadellen bleiben übrig.
Sonst nichts.

Zwei Stunden später sind wir da.
Wir haben Glück gehabt.
Die Wohnung ist groß.
Zwei Schlafzimmer.
Ein Wohnzimmer mit eingebauter Küche.
Ein Badezimmer mit Wanne.
Und eine riesige Terrasse.
Die führt direkt zum Strand.
Total praktisch.

„Ich bin dann mal weg, Oma.

Mal schauen, was hier so los ist, ja?"

„Aber merk dir, wo wir wohnen, Paul!

Dünenweg 3!"

„Kein Problem!"

Ich ziehe meine Sandalen aus.

Sand unter den Füßen!

Diesen weichen, weißen Sand!

Und so warm.

Toll!

Der Strand ist ziemlich voll.

Wo kann man hier Fußball spielen?

Überall Strandkörbe.

Diese geflochtenen Teile, die man kippen kann.

Mit Ablage für die Füße.

So ein Modell, wie Tessa es hat.

Ich sehe viele viele Kinder.

Alle Altersgruppen.

Von ganz klein bis ganz groß.

Alle sind irgendwie beschäftigt.

Sie buddeln und baggern und bauen.

Es gibt niemanden, der keine Schaufel in der Hand hält.

Sie bauen Burgen und Berge.

Dämme und Kanäle.

Total konzentriert, als würden sie dafür bezahlt.

Ich sehe Meerjungfrauen mit dicken Brüsten.

Löwen, Einhörner, Hochhäuser und auch ein Stadion.

Alles aus Sand!

Im Wasser sind nur wenige Menschen.

Vielleicht zu kalt?
Ob ich mich traue?
Bin eher ein Warmduscher.
Friere leicht.
Ich gehe aufs Wasser zu.
Leichte Wellen platschen an den Strand.
Und jetzt rein!
Bis zum Knie.
Weiter geht nicht.
Sonst wird meine Hose nass.
Echt kalt!

Aber ich könnte mich ja zusammenreißen.
Die Zähne auf die Lippen beißen … und rein.
Vielleicht mach ich das!
Schon morgen?
Ganz bestimmt!
Morgen!

Macht Spaß, so mit den Füßen durchs Wasser.
Tut irgendwie gut.
Macht frisch.
Denn die Sonne brennt noch ziemlich heftig.
Und ich hab mein Basecap nicht dabei.
Ich weiß nicht, wie lange ich schon am Strand entlangspaziere.
Hab komplett die Zeit vergessen.
Muscheln hab ich noch keine gesammelt.
Obwohl hier ganz besonders schöne Exemplare rumliegen.
Aber wohin damit?
Morgen nehm ich den Eimer mit!

Mir gefällt es, so alleine am Strand zu spazieren.
Menschen zu beobachten.
Nicht reden zu müssen.
Aber jemanden kennenzulernen …
zum Fußballspielen,
das wär schon schön!
Ich komm an einem Spielplatz vorbei.
Da ist auch 'ne Menge los.
Ich seh sogar ein paar Jungen kicken.
Ob ich die fragen soll?

Aber ohne Schuhe?
Ich will mir ja nicht die Zehen brechen.
Die haben alle irgendwas an den Füßen …
Wenigstens Sandalen.
Die meisten sogar richtige Sportschuhe.
Morgen vielleicht …

An einem Kiosk entdecke ich ein Plakat.
BURGENWETTBEWERB!
Ich lese weiter.
Und da packt mich das Feuer!
Das Feuer des Bauens!
Jetzt ist mir klar, warum die alle wie besessen im Sand
wüten.
Die wollen alle den ersten Preis!
Und das ist ein Fotoapparat!
Nicht so ein billiges Plastikteil!
Nein!
Eine Kamera für echte Profis.
Eine fette Nikon.
So eine, wie sich Papa schon lange wünscht!
Wenn ich die gewinnen würde!
Dann hätte ich das absolute Weihnachtsgeschenk für
ihn!
Ich lese die Teilnahmebedingungen.
Jeder ab zehn!
Da hab ich Glück!
Die Jury schaut sich am 15.7. um 15.00 Uhr die
Objekte an.
Preisverleihung ist am 16.7. um 17.00 Uhr im
Strandhotel.

Das Startgeld beträgt 20,- Euro.
Die Formulare für die Anmeldung gibt es in der
Kurverwaltung.
Gebaut werden darf nur mit Sand.
Anderes Material ist nicht erlaubt.
Verzierungen mit Muscheln sind möglich.
Alles andere nicht!

Drei Tage Zeit!
Ist das viel?
Ist das wenig?
Ich hab keine Ahnung.
Vielleicht reicht ein Nachmittag?
Schade, dass Opa nicht da ist.
Der wär der perfekte Coach.
Ein echter Handwerker eben.
Aber Oma ist auch eher der praktische Typ.
Die brauch ich jetzt dringend zur Beratung.

10. DER BURGENWETTBEWERB

Erstmal zurück zum Wasser.
Abkühlen.
Aber das Feuer bleibt.
Bin plötzlich besessen von dem Gedanken, den 1. Preis
beim Burgenwettbewerb zu holen!
Ob das zu schaffen ist?
Ich hab noch nie eine echte Sandburg gebaut.
Immer nur Kanäle und Seen.
Hohe Berge mit Gräben.
Nichts Besonderes.
Überhaupt nichts Spektakuläres.
Was Künstlerisches oder so!
So das Übliche.
Wenn man einfach nur Lust hat, im Sand zu buddeln!

Die zwanzig Euro sind kein Problem.
Die hat Opa mir bei der Abreise heimlich in die Hand
gedrückt.
„Für dich! Falls du mal einen Wunsch hast!", hat er
gesagt.
Opa weiß, dass ich kein Taschengeld bekomme.
Er weiß auch, dass ich keins brauche oder vermisse.
Aber es ist immer Opa, der mir heimlich was zusteckt.
Diese zwanzig Euro sind eine super Investition.
Der 2. Preis wäre ein Wochenende für zwei Personen
im Wellnesshotel.
All inclusive.
Mit Vollpension.

Massagen.

Sauna und Co.

Das würde ich dann Oma und Opa schenken.

Der dritte Preis ist ein Candle-Light-Dinner für zwei Personen im Grandhotel.

Wär das was für Oma und mich?

Bestimmt!

Und wenn ich keinen Preis bekomme?

Wenn ich auf dem allerletzten Platz lande?

Damit muss ich rechnen.

Aber wär das schlimm?

Nein.

Ich hab ja eigentlich keine Ahnung, wie das geht.

Sandburgen bauen.

Ich versuch es einfach.

Wie heißt das Sprichwort, das Opa so gerne zitiert?

„Wer wagt, der gewinnt!"

Und wie geht das andere?

„Ohne Fleiß kein Preis!"

Also los!

Anmelden.

Wie gut, dass Opas Schein in meiner Hosentasche steckt.

Die Kurverwaltung ist leicht zu finden.

Und sie hat noch geöffnet.

Hinter einem Schalter sitzt eine schöne Blonde.

Die hat zu Hause bestimmt einen megagroßen Schminkkoffer.

Ihre Lippen sind feuerrot.

So als hätte sie zu viel Chili gegessen!

Ich leg die 20,- Euro auf den Tisch.

„Ich möchte mich für den Burgenwettbewerb anmelden!", sage ich.

„Bist du denn schon zehn?"

Besonders freundlich ist sie nicht.

Und ihre Frage finde ich fast schon unverschämt.

Aber mit so viel schwarzer Farbe um die Augen, kann man wohl nicht mehr richtig schauen.

„Schon lange!", sage ich.

„Ich möchte deinen Personalausweis sehen!

Oder die Kurkarte!"

Den Personalausweis hat Oma.

Und den zeigt sie nicht einfach so her.

„Ich bin gerade erst angekommen.

Eine Kurkarte hab ich noch nicht!"

Mein Feuer schmilzt.

Das Ganze fängt nicht gut an.

„Warum geben sie mir nicht einfach das Formular für die Anmeldung?"

„Weil das ohne Kurkarte nicht geht!"

„Aber ich könnte doch schon mal das Formular zum Ausfüllen mitnehmen!"

Ich werde langsam sauer.

Und meine Hoffnung auf den 1. Preis schmilzt dahin.

Aber ich habe Glück.

Eine Kollegin hat wohl unser Gespräch belauscht.

So ein Omatyp.

Sympathisch rund, graue Locken, ungeschminkt.

Meine Oma sieht natürlich besser aus.

Überhaupt nicht wie eine Oma.

Sportlich und schlank.

Kurzhaarschnitt.

Blond!

Ob Oma sich schminkt?

Ich hab keine Ahnung.

Wenn, dann nur ein klitzekleines bisschen.

Ich werde mal genauer hinschauen.

„Nun gib ihm doch einfach das Formular.

Das kann er dann zu Hause schon mal ausfüllen.

Und mit der Kurkarte wieder mitbringen!“

Ich stecke mein Geld in die Hosentasche.

Das Formular rolle ich vorsichtig ein.

Und jetzt zurück zu Oma.

Hoffentlich finde ich den Weg.

Wie hieß unsere Straße?

Fällt mir momentan nicht ein.

Aber ich könnte sie wiederfinden.

Erstmal zurück zum Strand.

Vorbei am Spielplatz.

Am Fußballfeld.

Und dann immer geradeaus.

Aber wie lange?

Ich habe mir nichts Markantes gemerkt.

Weil es hier nichts Markantes gibt.

Alles sieht gleich aus.

Die Strandkörbe.

Die Menschen.

Die Burgen.

Irgendwann gings hoch in die Dünen.

Und da stand unser Haus.

Aber auch die Häuser sehen alle ziemlich gleich aus.

Apartmenthäuser mit drei Etagen.

Alle ziemlich neu.

Und jetzt?

In den Sand fallen lassen und losheulen?

Nein!

Das hab ich noch nie gemacht.

Und das mach ich heute auch nicht.

Ich stapfe die Dünen hoch.

Könnte doch sein, dass ich hier genau richtig bin.

Auf der Terrasse vor mir sitzt jemand.

Mit einer Tasse Tee.

Und einem dicken Buch.

Schaut hoch und lächelt.

„Mensch Oma!"

Ich lege das Anmeldeformular auf den Tisch.

„Meinst du ich könnte ihn gewinnen?

Den ersten Preis?"

Oma zieht die Augenbrauen zusammen.

„Muss es unbedingt der erste sein?"

„Ja, unbedingt!"

„Na dann leg mal los!"

„Und wie?"

„Hol Papier und Stift.

Und mach einen Plan!"

„Und wovon?"

„Von deiner Burg natürlich!"

Am Abend fall ich todmüde ins Bett.

Als Architekt eigne ich mich wohl doch nicht.

Ich hatte echt Mühe, einen Plan von meiner Burg zu machen.

Ich hab mich für eine Ritterburg entschieden.
Was anderes konnte ich mir sowieso nicht vorstellen.
Ich war nah dran, aufzugeben, aber Oma fand, dass
ich noch etwas durchhalten sollte.
Morgen wird sie einen Strandkorb mieten.
Um den kann ich einen hohen Wall schaufeln.
Das ist dann unsere Burg.
Daneben soll ich einen zweiten Wall schaufeln.
Sozusagen als Schutz für mein Objekt.
Und innen entsteht dann meine Ritterburg.
Oma wird zur Kurverwaltung gehen und alles regeln.
Den Personalausweis wird sie nicht zeigen.
Ihr wird schon irgendwas einfallen!
„Gute Nacht, Paul!"
Oma gibt mir einen Kuss und macht das Licht aus.
Ich bin total aufgedreht.
Ob ich schlafen kann?
Spätestens in drei Tagen.
Wenn alles vorbei ist.

Es ist schon zehn, als ich wach werde.
Oma hat schon alles erledigt.
Der Strandkorb steht.
Fast direkt vor unserer Terrasse.
Das Formular ist ausgefüllt.
Es gibt kein Zurück!
Aber erst frühstücken.
Und dann geht's los.

Oma übernimmt den Wall um den Strandkorb.
Ich soll mich ganz auf mein Objekt konzentrieren.

Am Mittag bin ich fertig.

Der Wall steht.

Jetzt festklopfen.

Und feucht halten!

Geschafft!

Dann die Ritterburg.

Mit zwei Türmen, einem Wassergraben und einer Zugbrücke.

„Nimm dir nicht zu viel vor, Paul!"

Oma schleppt Wasser.

Das ist nämlich das Schlimmste:

Wenn alles zerbröselt.

Und das ganze kostbare Kunstwerk zu Sand zerfällt!

Sie hat eine Wasserpistole gekauft.

Zum Befeuchten!

Eine gute Idee!

Sonst greift sie nicht ein.

„Ich helfe dir nicht, Paul!

Das ist allein dein Projekt.

Ich gucke zu.

Und hole Wasser.

Mehr nicht!"

Es geht besser als erwartet.

Am zweiten Tag kann man die Ritterburg sogar schon erkennen.

Mir gefällt sie!

Der dritte Tag ist für die Feinarbeit.

Den Sand festklopfen.

Das Ganze feucht halten.

Mit der Wasserpistole.

Mit einem Messer vorsichtig Fenster und Tore in den Sand ritzen.

Fertig.

Es bleiben noch zwei Stunden Zeit.

Ich bin aufgeregt.

Mir ist ein wenig übel.

Ich bin total froh, wenn das hier alles vorbei ist.

So froh!

„Komm Paul! Lass uns ein Eis essen gehen!"

„Ich krieg kein Eis runter!

Außerdem muss ich mein Objekt bewachen!

Stell dir vor, jemand haut mit seiner Schaufel drauf!"

„Ich mach das schon.

Das Bewachen.

Nimm du den Ball und such dir jemanden zum Kicken!

Wenn du in zwei Stunden da bist, reicht das doch!"

Gute Idee!

Bevor ich hier durchdrehe …

Oma gibt mir ihre Uhr …

„Viel Spaß!"

Sie heißen Benno und Boris.

Zwillinge.

Super Kicker.

Ich hab sie einfach angesprochen.

Und wir haben zwei Stunden lang gespielt.

Die Ritterburg hab ich fast vergessen.

Gerade noch rechtzeitig hab ich auf die Uhr geschaut.

„Muss nur mal kurz weg!"

„Ich komm gleich wieder.

Ist das okay?"
„Wir warten auf dich!", hat Benno gesagt.
„Beeil dich aber!", hat Boris gesagt.

Die Jury war pünktlich.
Zwei Männer, zwei Frauen.
Nicht unsympathisch.
Alle so um die Vierzig.
Mit Papier und Stiften in der Hand.
Einer hatte einen Fotoapparat.
Eine Nikon.
Er hat entsetzlich viele Fotos gemacht.
„Hat dir jemand geholfen?", hat er gefragt.

Ich habe den Kopf geschüttelt
Und ihnen meinen Plan gezeigt.
„Warum gerade eine Ritterburg?"
„Weil ich gerne ein Ritter wär!"
„Und wenn du den ersten Preis gewinnen würdest?"
„Das fänd ich toll!", sage ich.
„Was fängt denn ein Ritter mit einem Fotoapparat
an?"
„Den würde er seinem Papa schenken!"
„Und warum?"
„Weil der sich schon so lange eine Nikon wünscht!"
Jetzt lächeln sie.
Alle.
Was bedeutet das?
Bedeutet das was?
„Bis morgen!", sagt der Fotograf.
„Darf ich noch von dir ein Foto machen?"
Ich nicke.
Bin total fertig.
Krieg kein Wort mehr raus.
Noch nicht mal ein Tschüss!
„Geschafft! Glückwunsch Paul!
Bin stolz auf dich, dass du das durchgezogen hast!"
Oma nimmt mich in den Arm.
„Und jetzt?"
„Ich geh noch etwas kicken, ja?"
„Und ich bewache deine Burg!"
Morgen kommt Papa!
Dem will ich sie noch zeigen.
Danach kann sie zerfallen!
Oder?

Ich hab den ersten Preis bekommen!
Mir ist immer noch ganz schwindelig.
Bin so froh, dass diese Aufregung vorbei ist.
All die Leute!
Die Ansprache vom Kurdirektor.
Die Interviews!
Die Fotografen!
Sogar das Radio war da.
Und das Fernsehen!
Das ist nicht mein Ding!
So im Mittelpunkt stehen!

Jetzt ist alles vorbei.
Und jetzt fängt der Urlaub an.
Lange schlafen!
Keinen Plan haben!
Einfach nur lesen, kicken, einkaufen, kochen,
Radtouren machen, Spiele spielen ...
Die ganz normalen Sachen.
Vielleicht im Meer baden ...
Und jeden Mittag Papa!
Mit Papa an der Fischbude Brathering essen.
Schön ist das!

Und heute Abend seh ich ihn.
Aber nicht als Papa.
Ich seh ihn als Mephisto in der alten Feldsteinkirche.
Das ist auch aufregend.
Papa in der Hauptrolle!
Und so verkleidet und geschminkt, dass ich ihn nicht
erkenne.

Ich sitze in der ersten Reihe.
Bin noch ziemlich wach.
Aber dann fallen mir die Augen zu.
Und die gehen erst wieder auf, als das Licht angeht.
Jetzt wird geklatscht!
Ich höre Bravo-Rufe!
Und mein Papa-Mephisto bekommt den meisten
Applaus.
Immer wieder muss er sich verbeugen.
Die Zuschauer trampeln auf den Holzboden.

„Bravo, bravo!"
Papa zwinkert mir zu.
Ich bin stolz auf meinen Papa!
Eine junge Frau schenkt ihm eine rote Rose!
Gute Idee!
Beim nächsten Mal bekommt er eine von mir!

Die Tage fliegen nur so dahin!
Und jeden Tag Fußball.
Mit Benno und Boris.
Wir wollen uns treffen.
Sie wohnen in der Nachbarstadt.
Schön wär das!
Neue Freunde zu haben!
In der Nähe.
Berlin ist einfach zu weit weg.
Und so richtige Freunde hatte ich dort nie.
Mit den Mädchen war es schwierig.
Weil ich so anders war.
Da passte ich nicht hin.
Und die Jungs?
Die wollten mich auch nicht so wirklich.
Für die war und blieb ich ein Mädchen.
Auch als ich Paul war.
Benno und Boris kennen mich nur als Paul.
Da gab es keinen Zweifel.
Ich bin so wie sie!
Das hat mich glücklich gemacht!

Oma hat vier dicke Bücher gelesen.
Damit war sie echt happy.

Ich hab nur zwei sehr dünne geschafft.
Es gab immer viel zu viel anderes zu tun.

Und jetzt packt Oma den Picknickkorb.
Das heißt, wir fahren los!
Abschiede tun weh!
Immer!
Und ich muss dann immer etwas weinen.
Nein, das ist nicht schlimm.
Das ist normal bei mir!

Und bald kommt Mama!
Und die bleibt dann.
Bis die Schule anfängt!

II. SCHULE

Drei Tage im Omaopahaus!
Drei Tage Zeit für den Keller!
Drei Tage Zeit für die Fernbedienung!
„Wir sollten ausbauen, Opa!
Eine neue große Platte, neue Schienen, neue Häuser.
Ich hätte Lust auf einen Wald, einen Tierpark und auf
ein Fußballstadion!
Vielleicht noch ein Schwimmbad und ein Kiosk.
Und eine schöne Schule.
Ich würde das gerne alles selber bauen!"
„Kannst du bis Oktober warten?
Dann mach ich früher Schluss mit meiner Arbeit!
Und hätte mehr Zeit!"
Klar, kann ich warten!
„In der Zwischenzeit zeichne ich schon mal einen
Plan!"

Jeden Tag finde ich einen Grund.
Mit dem Rad mal eben schnell in unsere Wohnung.
Blumen gießen, Postkasten leeren.
Nachschauen, ob alles in Ordnung ist.
Den wahren Grund behalte ich für mich.
Ich muss einfach mehr wissen.
Und nur mein Blick vom Balkon kann mir da weiter-
helfen.
Aber ich komme mit meinen Recherchen nicht weiter.
Wenn es regnet, ist sowieso niemand im Garten.
Und wenn die Sonne scheint, ist alles wie immer.

Er liegt auf der Hollywoodschaukel mit Stöpsel im Ohr.
Er tippt auf seinem Handy oder Tablet herum.
Er schießt auf seine Tore.
Und er winkt mir zu.
Immer.

Als ich heute in unsere Straße einbiege, hält gerade der Porsche Cayenne vor der Tür.
Bin gespannt, wer jetzt aussteigt.
Ich fahre extra langsam.
Die Fahrertür geht auf!
Und heraus steigt die Farbe Schwarz.
Heute ist alles schwarz.
Hose, Pulli, Schuhe.
Er schleppt ein paar Plastiktüten ins Haus.
Nein, heute keine Designerklamotten.
Heute Einkäufe aus dem Discounter.
Ich entdecke eine riesige Packung WC-Papier.
Und einige Pappkartons.
Die sehen so aus, als wären Nudeln drin.
Mehr erkenne ich nicht.
Ich bin ziemlich durcheinander.
Wo hat er diese Luxuskarre her?
Und warum braucht er so ein Riesending?
Für sich ganz alleine?
Da hätte doch eine ganze Großfamilie Platz!
Seltsam ist das.
Aber ich kenn mich da echt nicht aus.
Ich kenne niemanden, der solche Autos fährt.
Und so viel Geld dafür ausgeben kann.

Dann ist er da!

Der 13. August!

Mein erster Schultag in meiner neuen Stadt!

Müsste ein Glückstag werden.

Heute sind beide da.

Mama und Papa!

Und die Dreizehn ist meine Glückszahl!

Seit ich denken kann.

„Soll ich dich bringen, Paul?", sagt Papa.

„Oder ich?", sagt Mama.

„Oder wir beide?", sagt Papa.

„Bin doch schon Zehn!

Ich mach das heute alleine!"

„Wirklich?", sagen beide.

„Ja, ganz wirklich!"

Mit oder ohne Fahrrad?

Ich glaube, ich geh heute mal zu Fuß.

Im Schlendergang.

Mit Beobachtungsblick.

„Hast du Angst?", sagt Mama.

„Nein! Ich bin bloß neugierig und ziemlich gespannt!"

„Und Paul ist Paul?", sagt Papa.

„Ja, völlig klar!

Paul ist Paul!"

Da bin ich sicher.

Wie gut, dass ich da so sicher bin!

Kein Zweifel.

Nichts.

Mama und Papa schauen ein wenig ernst.

Kein Lächeln.
„Aber ich werde es ihnen bald sagen!
Allen werde ich es sagen!
Diese Heimlichtuerei ist nichts für mich!"
Das sage ich ziemlich leise.
Ich sage es für mich.

Mama legt mir die Hand auf die Schulter.
„Das wissen wir doch, Paul!
Es ist etwas unglücklich gelaufen.
Deine Lehrerin und der Fußballtrainer haben sich
nicht getraut.
Die waren überfordert.
Die haben uns gebeten, noch zu warten.
Beide denken ja, dass es nur eine Phase ist.
Die irgendwann vorbeigeht.
So etwas haben sie schon oft erlebt, sagten beide.
Und wir haben uns nicht durchgesetzt."
„Schlimm?", fragt Papa.
„Nein! Nicht wirklich! Ich krieg das schon hin!
Aber lange warten werde ich nicht mehr!
Dann sag ich es allen!"
Papa streicht über meinen Kopf.
„Das wird ein ganz besonderer Tag, Paul!
Und den werden wir feiern!"

Mama packt mir das Schulbrot in den Rucksack.
Vollkornbrot mit viel Salami.
Das ess ich am liebsten.
Meine Trinkflasche mit Apfelschorle.
Und eine Dose mit den kleinen Cherrytomaten.

Die könnte ich kiloweise essen.

„Vielleicht gibt's heute nur den Stundenplan.

Dann bin ich gleich wieder da!"

Zehn Minuten Schulweg.

Länger brauch ich nicht.

Von allen Seiten strömen Kinder auf das gelbe
Gebäude zu.

Das müsste dringend mal gestrichen werden, denke
ich.

Aber das ist wahrscheinlich bloß der Opablick in mir,
der das sagt.

Obwohl … ich finde, Opa hat recht.

Und wo ist jetzt meine Klasse?

Ich schau mich um.

Wen frage ich?

Am besten jemanden, der so groß ist wie ich.

Und nach vierter Klasse aussieht.

Mir fällt ein Mädchen auf.

Es hat lange blonde Haare wie einige hier.

Nichts Besonderes.

Aber ihre Klamotten!

Die sind anders.

Sie trägt keine hautengen Jeans.

Auch keine minikurzen Röcke.

Keine bauchfreien Tops in Rosa oder Pink mit
Glitzerkram.

Geschminkt ist sie auch nicht.

Sie trägt eine türkisfarbene Hose.

Dazu ein Ringelshirt in blau, grün, türkis.

Meine Lieblingsfarben!
Ihr Rucksack ist aus Leder.
Und ist gar kein Rucksack.
Er sieht genauso aus wie Papas alte Schultasche.
Ist das wieder modern?
Dieses Teil ist nicht alt.
Das Leder ist nicht abgeschabt.
Nicht zerkratzt.
Hat keine Flecken.
Gefällt mir besser als mein grünschwarzkarierter Rucksack.
An ihren Füßen die Leinenschuhe bis zum Knöchel.
In Weiß!
Die hat Mama auch.
Wenn die in meine Klasse ginge!
Super wär das!
Ich glaube, sie ist nett.

Sie ist umringt von einigen Mädchen.
Und die kommen von einem anderen Stern.
Ziemlich viel Rosa.
Kurze Röcke bis knapp über dem Po.
Ich tippe auf den Streifen in Türkis.
Sie dreht sich um.
Blaue Augen.
Sommersprossen.
Pippi Langstrumpf!
Und jetzt erst erkenne ich den roten Schimmer in ihrem Haar.
Aufpassen, Paul!
Nicht gleich verlieben!

Mein Kopf fühlt sich plötzlich so heiß an!
„Ich suche die 4a!", sage ich.
So cool wie möglich.
„Ah, du bist der Neue!
Paul, oder?
Komm mit!
Wir müssen da auch hin!
Ich bin Helena!
Und das sind Viola, Mila, Ricarda und Jasmin!"
Wie die mich jetzt alle angucken!

Das ist normal, ja.

Trotzdem!

Ich mag das nicht.

Dieses Geglotze!

Aber sie lächeln.

Alle.

Sie scheinen zufrieden mit dem, was sie da sehen.

Mama hat mir neue Klamotten gekauft.

Blaue Bermudas, blaues Poloshirt.

Ein schönes Blau.

Sehr dunkel.

Fast schwarz.

Dazu neue Leinenschuhe.

In Lila.

Keine Socken.

Es ist ziemlich warm.

Ich hab sogar meine Haare gewaschen.

Die sind von der vielen Sonne des Sommers total hell geworden.

Fast weiß.

Beim Friseur war ich nicht.

Obwohl ich das überlegt habe.

Die lange Matte runter.

So einen richtigen Männerhaarschnitt.

Am Kopf fast alles wegrasiert.

Nur noch ein Haarbüschel stehen lassen.

So ähnlich wie Marco Reus.

Aber ich mag nun mal lange Haare.

Ich mag sie einfach.

Mein Haarschnitt ist seit Jahren gleich.

Den hab ich schon gehabt, als ich Paula war.
Schulterlang, mit Pony bis zu den Augenbrauen.
Trotz dieser Frisur werde ich eher selten für ein
Mädchen gehalten!

Die Mädchen schauen immer noch.
Jetzt fixieren sie meine Augen.
Die sollen ja besonders schön sein!
Dunkelblau und groß.
Eingerahmt von dunklen Wimpern.
Sie können anscheinend den Blick nicht abwenden.
Auch Helena nicht.
Hoffentlich verlieben sich nicht alle in mich!
Dann hätte ich ein Problem.
Und Probleme will ich nicht.
„An meinem Tisch ist noch ein Platz frei!
Willst du?"
Was Besseres kann mir nicht passieren.
Ein Platz neben Helena.
Da nehme ich sogar Viola und Ricarda in Kauf.
Die sitzen gegenüber.
Die Klasse füllt sich.
Es wird laut.
Aber nicht so laut wie in Berlin.
„Achtzehn Mädchen und nur zehn Jungen!", sagt
Helena.
„Aha!", sage ich.
Ich weiß nicht, ob ich das jetzt gut finden soll.
Einen Obercoolen gibt es auch.
Mats.
Der ist hier wohl der King.

Der hat so eine Marco-Reus-Frisur.

Gefärbte Strähnen mit viel Gel.

Er zeigt seiner Clique gerade sein Handy.

Obwohl Handys auch an dieser Schule verboten sind.

Dann betritt Frau Kaiser den Raum.

Jung, schön, gut gekleidet, nett.

Solche Lehrer hatten wir auch in Berlin.

Irgendwas fehlt mir.

Sie hat mich sofort entdeckt.

Durchlöchert mich mit ihrem Blick.

Sie hat ein Problem mit mir.

Und sie will keine Probleme haben.

Das seh ich gleich.

Ist mir aber egal.

„Wie schön, dass du jetzt bei uns bist, Paul!

Erzähl uns doch mal was von dir!"

Ihre Stimme gefällt mir nicht.

Sie klingt so piepsig, als wär sie drei.

Dabei ist sie bestimmt schon dreißig!

Und was soll ich jetzt erzählen?

Was erwartet sie denn?

Dass ich sage:

In meinem Personalausweis steht, dass ich Paula Rosental bin.

Aber wie ihr jetzt alle seht:

Vor euch sitzt Paul!

Euer neuer Mitschüler Paul!

Ich hätte das glatt machen können.

Es ihnen einfach sagen.

Hab ich aber nicht!

Diese Chance hab ich verpasst.

„Ich komme aus Berlin, und jetzt bin ich hier!"
In der Klasse ist es auf einmal sehr still.
Und Frau Kaiser kriegt einen roten Kopf.
Sie wartet.
Aber da kann sie lange warten.
Von mir kommt jetzt nichts mehr.

Es wird wieder unruhig.
Alle Blicke sind auf mich gerichtet.
Mir egal!
Frau Kaiser räuspert sich.
Dann verteilt sie den Stundenplan.
Es fängt gut an.
Jetzt haben wir Kunst.
Zwei ganze Stunden lang.
Nach Sport ist Kunst mein zweites Lieblingsfach.

„Nehmt ein großes Blatt Papier und die Buntstifte.
Thema eures Bildes ist:
Mein schönstes Ferienerlebnis!"
Mats mault sofort los!
„Das muss die nicht wissen.
Das behalt ich für mich!"
Am Tisch der Jungs meckern jetzt alle.
Malen finden sie doof.
An meinem Tisch geht's sofort los.
Helena malt ein großes Segelboot.
Ricarda einen Reiterhof.
Und Viola einen Strand mit buntem Sonnenschirm.
Ich male eine Ritterburg.
Meine Ritterburg.

Die aus Sand!
Ich schiele rüber zum Jungstisch.
Ich sehe Autos und Traktoren.
Ein Flugzeug.
Ein Motorboot.
Mats malt eine Rakete.
Wo hat er die denn erlebt?
Im Kino?

12. LEO

Es klingelt zur Pause.
Wir frühstücken in der Klasse.
Aber dann müssen wir raus.
Und was mach ich jetzt?
Wo und mit wem verbring ich in Zukunft meine
Pausen?
Die Jungs der 4a sind alle schon an der Tischtennis-
platte.
Da wär ich auch gerne.
Nur Leo nicht.
Der kleine dicke Leo mit der Brille.
Der steht allein am Zaun.
Der ist Opfer.
Der sitzt auch alleine am Tisch in der Klasse.
Der wird gemobbt.
Ich hab gesehen, wie Mats ihm ein Bein gestellt hat.
Leo knallte voll auf den Boden.
Mats und seine Clique haben sich kaputtgelacht.
Na toll!
Morgen bring ich mir einen Tischtennisschläger mit.
Und misch mich einfach unter sie.
So, als hätte ich das immer schon gemacht.
Die Mädchen stehen in Kleingruppen zusammen.
Sie quatschen und lachen.
Reden und reden.
Sie haben sich lange nicht gesehen.
Und wahrscheinlich ist in den Ferien eine Menge
passiert.

Absolut Sensationelles.

Helena hat mich entdeckt.

Ich bin gerade dabei, mich auf den Weg zu Leo zu machen.

Herausfinden, was er wohl für ein Typ ist.

„Wenn du nicht allein sein willst, komm doch zu uns!"

Ich lasse mich abschleppen.

Alleinsein möchte ich jetzt wirklich nicht so gerne.

Aber es klingelt schon bald.

Wir haben Deutsch bei Frau König.

Auch Frau König ist schön und jung und nett.

Auch Frau König sieht chic aus.

Auch sie ist so um die dreißig.

Mir gefällt sie besser als Frau Kaiser.

Ihre Stimme klingt freundlich und warm.

Wie eine Tasse Kakao.

Wir dürfen eine Geschichte schreiben.

Frau König schreibt den Titel an die Tafel.

„Mein schönstes Ferienerlebnis!"

Am Jungstisch geht sofort wieder die Meckerei los.

„Das geht die überhaupt nichts an!"

„Der erzähl ich das bestimmt nicht!"

„Das ist mega langweilig!"

„Jedes Jahr immer wieder dasselbe Thema!"

Die Mädchen haben sofort losgelegt.

Leo auch.

Was der wohl erlebt hat?

Das würde ich echt gerne wissen!

Ob er sich nachher zum Vorlesen meldet?

Wenn wir fertig sind?

Für mich ist klar, was ich schreibe.
„Der Tag, an dem ich Papas Weihnachtsgeschenk
gewonnen habe!"
Ich liebe es, Geschichten zu schreiben.
Wenn ich einmal angefangen habe, kann ich fast nicht
wieder aufhören.

Dann ist der erste Schultag vorbei.
Hausaufgabe?
Die Geschichte überarbeiten.
Morgen wird vorgelesen!

Auf dem Schulhof gibt's 'ne Prügelei.
Leo liegt auf dem Boden.
Die Brille irgendwo.
Nur nicht auf seiner Nase.
Mats schleudert gerade Leos Rucksack ins Gebüsch!
Die Jungsclique hat ihren Spaß.
Sie umzingeln den heulenden Leo und lachen.

„Seid ihr bescheuert, oder was?
Hört sofort auf!"
Mein Blick lässt sie sofort verstummen.
Und meine Stimme, die lässt sie zusammenzucken.
Sie weichen zurück.
Ich greife Leos Hand und ziehe ihn aus dem Dreck.
„Hol den Rucksack, Mats!"
Der zögert einen Moment.
Ich fixiere ihn mit meinem Hypnoseblick.

Mats macht das, was ich ihm gesagt habe.
Ein anderer Junge bringt die Brille.
Ein Bügel ist abgebrochen!
„Das hat ein Nachspiel, Leute!
Ist ja wohl klar, oder?"
Sie ziehen ab.
Drehen sich nicht mehr um.
Sagen kein Wort mehr.
„Danke!", sagt Leo.
„Wie kann ich mich revanchieren?"
„Wer weiß, vielleicht brauch ich irgendwann mal deine
Hilfe!", sage ich.
„Kämpfen kann ich nicht!
Hast du ja gesehen!", sagt Leo.
„Kämpfen kann ich selbst.
Du kannst dafür sicher andere Sachen gut!"
„Abgemacht!", sagt Leo.
Er setzt sich seine kaputte Brille auf.
„Bis morgen, Paul!
Schön, dass du jetzt in unserer Klasse bist!"

13. HELENA

Helena steht am Schulhoftor.
Sie wartet.
Sie wartet auf mich.
„Wo musst du lang?"
„Immer geradeaus, dann nach rechts!"
„Dann haben wir den gleichen Weg."
Sie wohnt in der Omaopastraße.
Nur drei Häuser weiter.
Vor zwei Jahren ist sie eingezogen.
Da war ich schon Paul.

„Wollen wir uns mal nachmittags treffen?
Wann hättest du Zeit?", fragt sie.
„Festes Programm hab ich nur am Montag und am
Donnerstag!
Samstags Meisterschaftsspiele!"
„Dann bleibt der Mittwoch.
Montag und Donnerstag muss ich zum Reiten.
Am Dienstag zum Ballett.
Und am Freitag kommt der Klavierlehrer!"
„Ganz schön viel Programm!", sage ich.
„Was soll ich sonst mit meiner ganzen Zeit anfangen?
Ich hab keine Geschwister, keinen Hund, keine Katze.
Meine Eltern arbeiten viel.
Meistens bis 18.00 Uhr.
Sie sind Psychologen.
Ihre Praxen sind zwar im Haus.
Ich bin also nie alleine.

Aber sie sind beschäftigt.

Immer.

Bis auf die Mittagspause.

Von 13.00 bis 15.00 Uhr."

Tauschen möchte ich mit ihr nicht.

„Und wie ist das bei euch?", sagt sie.

Ich erzähle, von Mama und Papa.

Von Oma und Opa.

Von Berlin!

„Das hört sich spannend an.

Und richtig schön!

Mein Leben ist nicht wirklich aufregend!

Am Wochenende fahren wir meistens in unser Ferienhaus in die Berge.

Wenn du Lust hast, kannst du gerne mal mitfahren!"

„Würden deine Eltern das denn erlauben?"

„Ich glaube, die finden dich nett!

Du bist irgendwie anders als die anderen Jungs!

Nicht so machomäßig.

Das wird ihnen gefallen!"

Wir müssen uns trennen.

Ich biege in meine Straße ein.

„Bis morgen!", sage ich.

„Um viertel vor acht hier?

Dann können wir zusammen gehen!", sagt sie.

„Gute Idee!", sage ich.

„Und?", sagt Mama.

„Wie wars?", sagt Papa.

„Gut!", sage ich.

„Keine Probleme?", sagen beide.

„Nein! Alles okay!"

„Aber zum Training begleiten wir dich!", sagt Papa.

Ich bin ein wenig aufgeregt.

Hoffentlich sind die Jungs nett.

Netter als die in meiner Klasse.

Hoffentlich pass ich dahin.

Die Farben auf dem Platz sind eindeutig.

Hier sind alle Fans des deutschen Meisters.

Ob Opa mir zu Weihnachten auch so ein Trikot

schenkt?

Unsere Vereinsfarbe ist schwarzblau.

Dieses Trikot brauch ich auch.

Aber heute trage ich meine alten Farben.

Rotweiß.

Das war mein Berliner Verein.

14. FUSSBALL

Meine Trainer sind nett.
Ich habe zwei.
Tina und Volker.
Beide über sechzig.
Beide lustig.
Nicht so streng wie in Berlin.
Und die Jungs?
Ich habe Glück.
Alles nette Jungs.
Sie begrüßen mich mit Handschlag.
Zweimal Jannik, zweimal Jakob, zweimal Oskar,
zweimal Theo.
Dann gibt's noch einen Jungen aus Afghanistan,
einen aus Russland, einen aus Eritrea und einen aus
Armenien.
Mit schwierigen Namen.
Das wird dauern, bis ich die alle weiß und auseinan-
derhalten kann.

Das Training war super.
Volker hat mich auf mehreren Positionen spielen lassen.
Um zu sehen, wo mein Talent liegt.
Ich war heute überall gut.
Hab zwei Tore geschossen.
Drei Tore verhindert.
Vier Tore vorbereitet.
Und beim Elfmeterschießen den Ball jedes Mal in die
obere rechte Ecke geknallt.

Keine Chance, den zu halten.
Ich bin glücklich!
Mama und Papa sitzen auf der Tribüne und schauen zu.
Hand in Hand.
Sie sind anders als die anderen Fußballmamas und Papas.
Die meisten sind super ehrgeizig mit ihren Kindern.
Die wollen wahrscheinlich, dass sie demnächst mal echte Profis werden.
Und ganz viel Geld verdienen.
Ich höre die immer gleichen Sätze vom Spielfeldrand.
Die gabs auch in Berlin.
„Aufpassen!
Schneller!
Und drauf, ja!
Pack ihn dir!
Mehr Bewegung!
Da kommt einer!
Weiter so!
Komm, nicht einschlafen!
Das ist zu wenig!
Noch zehn Minuten!
Weiter, Gas geben!
Tor, Tor, Tor!
Drauf!
Schieß!
Schneller, Jungs!"
Von Mama und Papa hab ich solche Sätze noch nie gehört!
Für sie wär das eher eine Katastrophe, wenn ich Profi würde!

Ich wär gerne Architekt.
Häuser bauen fänd ich gut.
Aber in Mathe bin ich nicht so der King.
Da müsste ich besser werden.

Tina schenkt allen nach jedem Training eine Überraschung.
Sie kommt aus Italien.
Und kann wunderbar backen, sagt Theo.
Ich nenn ihn Theo Nr. 1.
Er ist blond und hat einen super Kurzhaarschnitt.
Theo Nr. 2 hat schwarze Haare.
Und eine Frisur wie Jogi Löw, unser Nationaltrainer.
Die zwei kann ich schon mal auseinanderhalten.
Immerhin.
Heute gibt's Mandelplätzchen!
Für mich gibt's zwei.
Und ein Extralächeln.
Besonders lieb!

„Kommst du zu meinem Geburtstag?", sagt Theo Nr. 1.
Das fängt ja gut an!
Ich kenn das.
Nur die besonders Beliebten werden eingeladen.
Immer wieder.
Von allen.
Das kann jetzt so weitergehen.
Ich möchte nie zu denen gehören, die nie eingeladen werden!
„Und wann?"
„Im Februar!"

Theo Nr. 1 grinst.

„Ich lad dich auch ein!", sage ich.

„Und wann soll ich kommen?"

„Im März!"

Die Gespräche der Jungs drehen sich alle um die Mannschaft ihrer Stadt.

Das einzige Thema ist immer nur der deutsche Meister.

Der neue Trainer hat zehn neue Spieler eingekauft.

Ziemlich viele.

Und ich kann nicht mitreden.

Ich kenne kaum einen Namen.

Das muss ich ändern!

„Das hat ja gut angefangen!", sagt Papa.

Alle total nett und entspannt!

„Ab jetzt brauchst du keine Begleitung mehr!", sagt Mama.

„Hier passiert dir nichts!"

Als wir in unsere Straße einbiegen, sehen wir den Porsche Cayenne.

Jemand steigt ein.

Heute mal wieder ganz in Schwarz.

Mit Trainingsanzug und großer Sporttasche.

Wo will er hin?

Sieht nach Fitnessstudio aus.

Ich wüsste wirklich langsam gerne mehr!

15. BESUCH BEI HELENA

Am Mittwoch Besuch bei Helena!
Ich bin etwas aufgeregt.
Hoffentlich lauf ich ihren Eltern nicht über den Weg!
Psychologen!
Mit ihrem Psychoblick!
Dem nichts entgeht!
Ob sie es merken würden?
Dass in mir eine Paula steckt?

Wir dürfen keinen Krach machen.
Bis 18.00 Uhr ist Sprechstunde.
Ich werde das Haus spätestens um 17.30 Uhr wieder
verlassen.

Jetzt ist 15.30 Uhr.
Die Mittagspause ist vorbei.
Gut so!
Das Haus ist groß und ziemlich alt.
Mit Efeu an den Wänden.
Der Vorgarten voller Rosen.
Schön.
Helenas Zimmer ist im Dachgeschoß.
Weit weg von allen.
Sie zeigt mir ihre Steinsammlung.
Zeigt mir alte Fotoalben.
Ihre Mappe mit selbstgemalten Bildern.
Helena will Malerin werden.
Ich finde, sie ist begabt.

„Meine Mutter hat morgen Geburtstag.
Ich hab noch kein Geschenk.
Hast du Lust, mit mir Perlen aufzufädeln?
Ich glaube, über eine bunte Kette aus Glasperlen würde
sie sich freuen!“
Ich nicke.
Basteln war schon immer mein Ding.
Ich erzähl ihr von Opas Eisenbahn.
Und meinen Ausbauplänen.
„Oh, nimm mich doch mal mit, ja?“

Nach einer Stunde haben wir eine ganze Kollektion
fertig.
Bunt schillernd.
Toll.
Für all die nächsten Geburtstage.
So viele.
Sogar eine für Mama und eine für Oma.
„Jetzt noch eine für dich und für mich!“, sagt Helena.
„Was soll ich mit einer Kette?
Dann denken ja alle, dass ich ein Mädchen bin?“
„Es gibt doch auch Männer, die Schmuck tragen!“,
sagt Helena.
„Die sind dann aber schwul!“, sage ich.
„Das ist Quatsch!“
Helena schüttelt den Kopf.
Auch ganz normale Männer tragen Schmuck.
Sogar auch Röcke.
Und du siehst weder schwul aus noch wie ein Mädchen.
Auch wenn du eine Kette trägst!“
Sie schaut mich an.

Mir direkt ins Gesicht.

Ich muss weggucken.

Mein Kopf fühlt sich ganz heiß an.

Ich will gerade gehen ... mein Blick auf die Uhr
sagt ... höchste Zeit!

Helena hat mir eine Kette um den Hals gelegt.

Sie reicht mir einen Spiegel.

„Steht dir echt gut!

Schau mal!"

Da klopft es an der Tür.

Eine Frau steht im Zimmer.

„Hallo!", sagt sie.

Ihr Psychoblick fixiert meine Kette.

Dann alles andere.

Sie reicht mir die Hand.

Ich erwidere den festen Händedruck.

„Schön, dass ich dich kennenlerne!", sagt sie.

Und lächelt.

Ihr Lächeln ist sympathisch.

Könnte sein, dass sie mich mag!

Trotz Kette.

Ich bin in meinem neuen Zuhause.

Papa ist schon wieder weg.

Aber Mama ist noch da.

Eine ganze Woche noch.

Vor unserem Haus stehen heute viele fremde Autos.

Kein einziges mit deutschem Kennzeichen.

Alle kommen aus Belgien oder Frankreich.

Was heißt das denn?

Die Autos sind teilweise ziemlich alt und schäbig.
Aber auch zwei Luxuslimousinen sind dabei.
Ich muss ganz schnell zum Balkon.
Runterschauen!
Und dann?

Ich sehe zehn Männer.
Alle schwarz.
Sie belagern die Sportgeräte.
Reden in einer Sprache, die ich nicht kenne.
Sie sind ziemlich laut und total lustig.
Sie lachen.
Sie sind einfach gut drauf.
Ich wär gerne bei ihnen.

Dann hat mich einer entdeckt.
Er winkt mir zu.
Redet mit mir in dieser Sprache, die ich nicht kenne.
Und auch die anderen winken jetzt.
Außer „Hallo!" versteh ich nichts.
Schade!
Total schade!

Mama schickt mich zum Müllcontainer.
Ich liebe diese Gänge.
In den Keller.
In die Waschküche!
In den Fahrradkeller!
In die Tiefgarage!
Zum Müllcontainer!
Immer zu Fuß.

Niemals mit dem Aufzug!

Immer die Augen weit auf!

Mit der Frage: Was gibt es Neues zu entdecken?

Aber es gibt leider viel zu wenig.

Heute höre ich Stimmen.

In der ersten Etage im Flur.

Ich bleibe stehen.

Und lausche.

Ein Mann und eine Frau sind im Gespräch.

Sie reden leise.

Sie flüstern fast.

Ich muss mich sehr anstrengen, um etwas mitzukriegen.

Es sind nur Satzfetzen.

„Der muss weg!"

„Viel zu laut!"

„Keine Mülltrennung!"

„Immer Berge von Klamotten in der Waschküche!"

„Und dann die Partys!"

Ich hab keine Ahnung, wovon die reden.

Eine Party hat es in unserem Haus jedenfalls noch
nicht gegeben.

Seit ich hier wohne, jedenfalls nicht.

Und in der Waschküche liegt höchstens mal eine
Sporttasche.

Sonst nichts.

Und laut ist es sowieso nie.

Im Gegenteil.

Immer viel zu still!

16. FIEBER

Ich trainiere bei jedem Wetter.
Bei Regen, bei Sturm.
Auch ein Schauer aus Hagelkörnern, groß wie Haselnüsse, stört mich nicht.
Das schöne warme Sommerwetter scheint vorbei.
Jetzt beginnen die Herbststürme.
Die mag ich auch.
Aber ich bin der Einzige, der bei diesem Wetter regelmäßig zum Training geht.
Seit zwei Wochen geht das jetzt schon so.
Und ich darf mit den Elf- und Zwölfjährigen mitspielen.
Weil aus meiner Gruppe bei diesem Ekelwetter fast keiner mehr kommt.
Das gefällt mir.
Weil ich merke, dass ich immer besser werde.
Und fast schon so gut bin wie sie.
Die Großen!

Für meine Detektivarbeit ist das Wetter natürlich die Hölle.
Kein Mensch geht bei diesem Regen freiwillig vor die Tür.
Niemand liegt in der Hängematte.
Niemand schlägt Saltos auf dem Trampolin.
Keiner schießt Tore.
Keiner taucht im Pool.
Nur die gelben Enten paddeln auf dem Wasser.

Ich habe meinen schwarzen Freund (so nenne ich ihn
immer noch) ewig nicht gesehen.
Total schade ist das.

Und dann werde ich krank.
„Grippaler Infekt", sagt der Arzt, den Oma mir schickt.
Drei Tage Bettruhe.
Mit Tee und Wadenwickeln und Eukalyptusbädern.
Und ganz viel Schlaf.
Und kein Blick vom Balkon.
Bin viel zu schlapp.
Zum Glück ist Papa gerade da.
Der ist ein super Krankenpfleger.
Kocht Tee, liest mir was vor … ist immer in meiner Nähe.
Kranksein kann echt schön sein.

Und dann kommt noch einmal der Sommer zurück.
Das Thermometer zeigt 23 Grad.
Ich darf mein Bett verlassen und mich in die Hänge-
matte legen.
Die Schule muss noch warten, sagt der Arzt.
Frühestens in vier Tagen.
Also viel Zeit für meinen Beobachtungsposten: Balkon!
Und da gibt's viel Neues!
Unten im Garten sehe ich Dinge, die es bis jetzt noch
nicht gab.
Ein Babyplanschbecken in Pink.
Einen Babysandkasten mit rosa Sonnenschirm.
Jede Menge Plastikspielzeug.
Bälle, Eimer, Puppen.
Und alles: rosarot!

Jetzt ist der Garten wirklich voll.

Und wem gehört das Baby, dem das alles gehört?

Wer ist die kleine Prinzessin, der man hier ein rosa
Paradies errichtet hat?

Ich lehne an der Balkonbrüstung und warte.

Und bin ziemlich aufgeregt.

Aber lange halt ich meine Position nicht aus.

Bin einfach noch zu schlapp.

Ab in die Hängematte.

Augen zu.

Aber die Ohren weit auf.

Und dann höre ich Stimmen.

Und eine Sprache, die ich nicht verstehe.

Aber eine piepsige Babystimme.

Und die brabbelt gut gelaunt vor sich hin.

Ich verlasse die Hängematte und schau nach unten.

Ich sehe eine junge Frau.

Alles an ihr ist schwarz.

Die Haut, die Haare.

Nur ihr Kleid ist rot.

Das Baby krabbelt über die Wiese.

Auch schwarz.

Nur das Kleid ist rosa.

Steht ihr gut.

Wer sind die zwei?

Sind die hier eingezogen?

Sieht fast so aus …

Gehören die zusammen?

Die drei?

Ist das eine Familie?

Vater, Mutter, Kind?

Ich überlege noch hin und her und her und hin, da klingelt es.

An unserer Haustür.

Wer kann das sein?

Wir erwarten keinen Besuch.

Oma und Opa haben einen Schlüssel.

Mama ist auf Tournee in München.

Die Post war schon vor Stunden da.

Und Helena liegt auch seit einer Woche mit Fieber im Bett.

„Besuch für dich!", sagt Papa.

Für mich?

In der Tür steht Mats.

Was will der denn hier?

Ich hab ihn nicht eingeladen.

Er ist nicht mein Freund.

Wir haben uns eigentlich nichts zu sagen.

Und wie er Leo behandelt … das geht gar nicht!

Ich mag keine Machos!

Und Mats ist ein Obermacho!

Will immer und überall der King sein.

Und der steht jetzt vor mir!

„Ich bringe dir die Hausaufgaben!", sagt er.

Warum macht er das?

Mir ist echt nicht nach Hausaufgaben.

Und wie er sich jetzt umschaut …

das gefällt mir auch nicht.

Wahrscheinlich ist er einfach bloß neugierig.

„Zeigst du mir mal dein Zimmer?"

„Da gibt's nicht viel zu sehen!", sage ich.

Wie werde ich ihn jetzt schnell wieder los?
Okay, mein Zimmer!
Ich öffne die Tür.
Mats schaut sich um.
Was er sieht, ist wenig.
„Hast du keinen Fernseher?
Auch keinen PC?"
Ich schüttle den Kopf.
„In eurem Wohnzimmer hab ich auch keinen entdeckt!"
„Wir haben auch keinen!"
„Wie geht das denn?"
„Wir brauchen keinen!"
„Aha!", sagt Mats.
Mehr sagt er nicht.

„Packst du mal die Wäsche in die Maschine, Paul?"

Papa steht vor mir und zwinkert mir zu.

„Ich muss in den Keller!", sage ich.

„Ich komme mit!", sagt Mats.

Ich stopfe die Wäsche in unsere Maschine.

Mats starrt auf den Wäscheständer.

Auf die Wäscheleine.

Alles voll.

Mal wieder mit den Trikots dieser super Mannschaft.

Mal wieder mit der Nummer 13.

Die schwarze Sporttasche liegt auf dem Boden.

„Wem gehört das alles?", sagt Mats.

„Keine Ahnung!", sage ich.

„Du musst jetzt auch gehen!

Ich muss wieder ins Bett."

Mats rührt sich nicht von der Stelle.

„Was ist los?"

„Ich überlege!", sagt Mats.

„Du weißt ja, wie du rauskommst, oder?

Ich muss jetzt echt wieder ins Bett.

Danke für die Hausaufgaben!"

Und jetzt nix wie weg!

Nach oben.

Auf den Balkon.

Ein Blick nach unten.

Die drei sitzen auf der Hollywoodschaukel.

Arm in Arm.

Aha!

In diesem Haus wohnt also doch noch ein Kind!

Super!

Ich verschlafe den ganzen Nachmittag.

Am Abend schickt Papa mich nochmal in die Waschküche.

Wäsche in den Trockner packen.
Der Wäschekeller ist ziemlich leer.
Es hängen nur noch zwei Trikots.
Und die Tasche ist weg.

Zwei Stunden später hole ich die Wäsche aus dem Trockner.
An der Leine hängt jetzt ein Blatt Papier.
Ich lese die dicken schwarzen Druckbuchstaben.
„Ich vermisse meine Sporttasche und einige Trikots!
Hat jemand eine Idee, wo die sein könnten?
Gruß, Guy Roland"
Aha!
Jetzt weiß ich wenigstens, wem die Sportsachen gehören.
Jemandem, der Guy Roland heißt!
Bloß, wer ist das?
Aber noch interessanter ist, wer hat die Tasche und die Trikots entwendet?
Hat jemand sie gestohlen?
Ein Diebstahl hier in diesem Haus?
Kann das sein?
Papa hat auch keine Erklärung.
Er zuckt mit den Schultern.
Kräuselt die Stirn.
Und sagt: „Es bleibt spannend hier!
Aber dass von den Bewohnern im Haus jemand klaut!
Das kann ich mir nicht vorstellen!"

17. NUMMER 13

Am Montag bin ich wieder fit.
Und ich muss zur Schule.
Ich freu mich.
Vor allem auf Helena.
Ich finde sie super.
Und bin so froh, dass sie neben mir sitzt.
Sie ist anders als die anderen Mädchen.
Die sind irgendwie zickig.
Ihr Getue ist unnatürlich.
Sie tuscheln viel und kreischen.
Und tragen sehr viel Glitzer und rosa.
Sie lackieren Fuß- und Fingernägel.
Benutzen Wimperntusche.
Und Lippenstift.
Helena braucht das alles nicht.
Sie ist schön, so wie sie ist.
Und immer gut gelaunt.
Sie lacht viel.
Und wenn sie lacht, dann leuchten ihre Augen.
Davon wird mir immer warm.
Bin ich verliebt?
Fühlt sich das so an?
Wenn man sich verliebt?
Könnte sein.
Wenn es das ist, dann ist es ein ganz wunderbares Gefühl.
Das Verliebtsein!

Papa hat ein Zeitungsabo bestellt.

Für Papa das Größte.
Am Morgen die Zeitung lesen mit einer Tasse Kaffee.
Es ist die Zeitung der Region.
„Ich muss mich informieren, was los ist in dieser Stadt.
Das ist ja jetzt unsere Stadt.
Wichtig zu wissen, was hier passiert."
Er reicht mir die Kinderseite.
Ja, Papa fände es gut, wenn ich mir das auch angewöhnen könnte.
Das Zeitunglesen am Morgen.

Mir fallen sofort die Farben dieser Stadt ins Auge!
Es geht um Fußball.
Um das Spiel vom Sonntag!
Um den Sieg gegen den großen Rivalen.
Um den neuen Star in der Mannschaft.
Drei Tore hat er geschossen!
Der Artikel nimmt fast die ganze Seite ein.
Ein Foto springt mir ins Gesicht.
Das Foto vom neuen Superstürmer.
Er trägt die Nummer 13.
Sein Name ist Guy Roland.
Ich reibe mir die Augen.
Ich fasse es nicht!
Und doch ist es wahr!
Es gibt keinen Zweifel.
Er lacht in die Kamera.
Mit seinen schneeweißen Zähnen.
Seine schwarze Haut glänzt!
Er ist es!
Mein schwarzer Freund!

Guy Roland?

Ein Profifußballer?

Erste Liga!

Und er wohnt direkt unter mir!

Das ist der Hammer!

Jetzt ist alles klar.

Seine seltsamen Arbeitszeiten.

Das viele Geld!

Ich lese mich fest.

Guy Roland spielt erst seit Saisonbeginn in dieser Stadt.

Vorher hat er in Paris gespielt.

Geboren ist er an der Elfenbeinküste.

In Afrika!

Dort spielt er in der Nationalmannschaft.

Er ist 24 Jahre alt.

Verheiratet.

Und hat ein Kind.

Meine Hände zittern leicht.

Bin total aufgedreht.

Etwas durcheinander.

So freu ich mich!

Jetzt ist alles klar!

Meine Rätselei hat ein Ende!

Etwas schade finde ich es schon.

Die Spannung ist weg!

„Schau mal, wer unser Nachbar ist, Papa!"

Ich reiche Papa die Kinderseite.

Papa nimmt einen Schluck aus seinem Kaffeebecher.

Dann starrt er auf die Seite.

„Das ist ja unglaublich! Ein echter Fußballprofi!

Diese Welt in unserem Haus!

Sozusagen hautnah!

Das ist ja spannend!

Und wir sind direkt dabei!

Ziemlich wahnsinnig ist das!"

Papa reicht mir den Sportteil.

Auch hier springt mir sein Foto entgegen!

Mit der fetten Überschrift:

„Guy Roland! Der neue Stern am Stürmerhimmel!"

Papa schaut auf die Uhr.

„Aber jetzt musst du los! Sonst kommst du zu spät!"

Das wird knapp.

Soll ich das Rad nehmen?

Aber bis ich das aus dem Fahrradkeller geholt habe …

Hat es längst schon zur ersten Stunde geklingelt.

Ich werde laufen.

Wenn ich mich beeile, könnte ich es gerade noch
schaffen!

Heute im Tempo für eine Goldmedaille.

Schneller geht's nicht.

Schon an der Kreuzung geht mir die Puste aus.

Ich bleibe einen Moment stehen.

Atme ein paarmal tief in den Bauch.

Dann weiter!

Neben mir plötzlich quietschende Reifen.

Ein Raser hat angehalten.

Ein schwarzer Porsche Panamera.

Und steht jetzt direkt neben mir.

Die Beifahrertür öffnet sich.

Ich wage einen Blick.

Und da wird mir ganz warm.

Ich schaue in ein lachendes Gesicht.

Sehe diese schneeweißen Zähne.

Höre Sätze in der Sprache, die mir fremd ist.

Und jetzt macht er eine Bewegung.

Die sieht so aus, als würde sie sagen: Komm, steig ein!

Und ich zögere nicht.

Ich sitze neben ihm.

Neben Guy Roland!

Dem Superstürmer!

Neben der Nummer 13.

Er fährt los.

Ich zeige in Richtung Schule.

Er nickt.

„School?", sagt er.

„Yes!", sage ich.

Wie gut, dass es Englisch gibt.

Und wie gut, dass ich schon ein paar Vokabeln gelernt habe.

Wir sind nicht zu spät.

Von allen Seiten strömen Kinder auf das gelbe Schulgebäude zu.

Guy Roland hält direkt vor dem Eingang.

„Thank you!", sage ich.

„Bye bye!", sagt er.

Dann heult der Motor auf.

Und weg ist er.

Ich schaue ihm nach.

Und denke, das war bestimmt nur ein Traum.

Ein sehr schöner Traum!
Aber das war es wohl nicht.
Der Traum war wahr!
Ich bin umzingelt.
Von der halben Schule mindestens.
„War das die Nummer 13?"
„Woher kennst du ihn?"
„Weshalb fährt er dich zur Schule?"
„Kann er mich auch mal mitnehmen?"
„Echt wahr? Der wohnt bei dir im Haus?"
„Kann ich dich mal besuchen?"

Ich bin froh, als es klingelt.
Und alle in ihre Klassen strömen.
Alle, die mich plötzlich besuchen wollen …
Alle, vor allem Mats.
Der weicht nicht mehr von meiner Seite.
Der möchte mein Freund sein.
Und ich weiß nicht, wie ich ihn wieder loswerde.

18. TATORT

Ich komme vom Training.
Heute mit dem Rad.
Das Wetter ist ideal.
Blauer Himmel, Sonne.
Ein schöner Spätsommertag!
Ich bin super gut drauf!
Fühl mich, als hätte ich Flügel.
Muss echt aufpassen, dass ich nicht abhebe.
Seit ich weiß, dass Guy Roland, die Nummer 13,
direkt unter mir wohnt,
ist das Fußballfieber in mir erwacht.
Von Volker und Tina hab ich heute besonders viel Lob
bekommen.
Und Volker hat sogar gemeint:
„Wenn du noch besser wirst, kommt demnächst ein
Scout.
Und der holt dich hier weg.
Und du landest im Profikader!"
Aber will ich das?
Nein, auf keinen Fall.
Ich freu mich, dass ich gut bin.
Das ja.
Aber Fußballprofi will ich nicht werden.
Was mach ich mit so viel Geld?
Wo mich Autos doch nicht interessieren?
Ich wär immer noch gerne Architekt.
Häuser entwerfen!
Das macht mir Spaß!

Ich muss in Mathe nur noch besser werden.
Sonst wird das nichts!

Ich biege in unsere Straße ein.
Und da trifft mich fast der Schlag.
Ein großer Schrecken packt mich.
Mein Herz beginnt zu rasen.
Meine Hände werden feucht.
Was ist passiert?
Vor unserem Haus stehen drei Polizeiwagen.
Sieht alles irgendwie nach „Tatort" aus.
Aber den schau ich nicht.
Den „Tatort" im Fernsehen würde ich nicht aushalten.
Der ist viel zu gruselig.
So viel Spannung ertrag ich nicht.
Und jetzt?
Ich trau mich nicht ins Haus.
Papa ist heute nicht da.
Oder doch?
Und?
Ist ihm was passiert?
Was soll ich tun?
Omaopa anrufen?
Das wär das Beste.
Aber ich hab ja kein Handy.
Weil ich keins brauche.
Jetzt wäre es praktisch.
Normalerweise komme ich ohne aus.
Noch.
Und jetzt?
Ich könnte zu Omaopa fahren.

Fünf Minuten, dann bin ich da.

Aber meine Neugier ist größer als meine Angst.

Ich will wissen, was passiert ist.

Jetzt sofort!

Ich steige vom Rad.

Und nähere mich langsam der „Tatortstelle".

Jetzt öffnet sich die Haustür.

Drei Personen kommen heraus.

In weißen Overalls.

Sie sehen aus wie Marsmenschen.

Das ist wohl die Spurensicherung.

Sieht ganz nach Einbruch aus.

Bei uns waren die Diebe bestimmt nicht.

Da ist ja wirklich nichts zu holen.

Jetzt fährt ein weiteres Polizeiauto vor.

Zwei Personen steigen aus.

Ein Mann und eine Frau.

In Uniform.

Sieht alles nach einem großen Ding aus.

Aufpassen, Paul!

Mir ist etwas mulmig!

Für Krimis sind meine Nerven einfach zu schwach!

Da seh ich Tessa!

Sie kommt gerade aus dem Haus.

Bepackt mit Müllbeuteln.

Rechts und links.

Meine Angst schrumpft.

Sie sieht nicht so aus, als wäre gerade etwas Drama-
tisches passiert.

Seelenruhig wirft sie ihren Müll in den Container.

Zupft an ihrem T-Shirt.

Mal wieder viel zu eng.

Stöckelt mit ihren High Heels langsam zum Haus zurück.

Im Gesicht auch heute wieder viel Farbe.

Dieser Lippenstift!

Mal wieder knallrot!

Die Spinnenbeine um die Augen erkenn ich sogar auf vier Meter Entfernung!

Aber … ich gewöhn mich an sie.

Muss ich ja.

Ich bin froh, dass sie da ist.

Und ich nicht allein!

„Hallo Tessa! Was ist hier los?"

Ich steh jetzt vor ihr.

„Oh Schätzchen!"

Sie streicht mir über den Kopf.

Auch daran gewöhn ich mich langsam …

Obwohl ich das alles überhaupt nicht mag.

Das blöde „Schätzchen" nicht!

Und erst recht nicht ihre Hand auf meinem Kopf!

Papa findet das alles bloß irgendwie besonders nett.

Sie schnattert sofort los!

„Bei Guy Roland wurde eingebrochen.

Stell dir vor, am helllichten Tag!

Und niemand hats gemerkt!

Die Einbrecher sind einfach durch den Garten.

Haben die Terrassentür aufgehebelt.

Der Autoschlüssel vom Porsche Panamera lag auf dem Tisch.

Den konnten sie ganz einfach aus der Tiefgarage holen.

Mit dem Cayenne war er gerade unterwegs.

Den konnten sie nicht auch noch klauen.

Die Musikanlage, eine Rolex, drei Flachbildschirme, alles weg.

Auch eine Kamera, drei Handys, zwei Tablets.

Den Laptop und den Computer haben sie auch eingepackt.

Und, stell dir vor, Guy Roland hatte 10.000 Euro in seiner Küchenschublade.

Einfach so.

Noch nicht mal im Umschlag.

Die waren natürlich auch weg.

Und die drei superteuren Fahrräder.

Das Stück für 20.000 Euro.

Die standen ja einfach so am Gartenzaun.

Und waren nicht abgeschlossen!

Also, dieser Einbruch hat sich gelohnt!

Die Polizei schätzt den Schaden auf 400.000 Euro!"

Der Wahnsinn!

Ein echter Krimi!

In unserem Haus!

Das gibt's nicht in Echt, oder?

Das gibt's doch nur im Film!

„Und wer war das?"

Tessa zuckt mit den Schultern.

„Noch ist nichts klar.

Aber die Polizei meint, es kann nur jemand gewesen sein, der sich auskannte.

Die Spurensicherung hat Fußabdrücke gefunden.

Gr. 44 und Gr. 38.

Sie vermutet, es könnte ein Paar gewesen sein.

Ein Mann und eine Frau!

Beide trugen Sportschuhe.

Fingerabdrücke gab es keine.

Die haben wohl Handschuhe getragen!"

Ich stelle mein Rad in den Fahrradständer.

Schließe ab.

Obwohl wahrscheinlich niemand meine alte Karre

mitnehmen würde.

„Und stell dir vor, Paul!

Ich hab den ganzen Tag auf dem Balkon in der Sonne

gelegen.

Hab mir einen richtig schönen freien Tag gegönnt!

Und ich hab von allem nichts mitgekriegt!

Nichts!

Die Polizei hat Mühe, mir das zu glauben!"

Tessa schließt die Haustür auf.

Wir stolpern beinahe über einen Polizisten.

Der versperrt uns den Weg.

Er guckt auf meine Schuhe.

Fragt nach meinem Ausweis.

Will meine Schuhe sehen.

Will unsere Wohnung untersuchen.

Ruft nach der Spurensicherung.

Hilfe!

Und jetzt?

Mir wird schlecht.

Tessa lacht.

„Ich hab das schon hinter mir.

Die haben die ganze Wohnung durchsucht.

Sie haben natürlich nichts gefunden.

Und zum Glück hab ich nur Schuhgröße 37!

Wer weiß, bei 38 hätten die mich vielleicht abgeschleppt.

Und in U-Haft genommen!"

Der Polizist guckt nicht besonders freundlich.

„Wir machen hier bloß unsere Arbeit!", sagt er.

Dann begleitet er mich nach oben in unsere Wohnung.

Die Spurensicherung folgt.

Mir ist kotzübel.

Keine Ahnung, warum.

Ich war doch beim Training.

Ich hab mit dem Einbruch doch gar nichts zu tun.

Außerdem hab ich Schuhgröße 36.

Nur in den Gummistiefeln 37.

Und Papa?

Papa hat 45.

Oder nicht?

Der kann es auch nicht gewesen sein.

Oder doch?

Weil er Geld braucht?

Nein!

Niemals!

So ein Quatsch.

„Deinen Personalausweis!", sagt der Polizist.

Ich zucke zusammen.

Nein!

Jetzt bloß keine Paula/Paul-Erklärung!

„Den hat mein Vater!", sage ich.

„Na gut!", sagt der Polizist.

„Wir kommen zurück.

Er soll sich melden, wenn er da ist.

Sofort!"

Ich nicke.

Der Polizist geht durch unsere Wohnung, gefolgt vom
Mann im Marsanzug.

Sie öffnen Schränke und Schubladen.

Und sehen es gleich.

Hier lagert kein Diebesgut.

Dann sind sie weg.

Aber mir ist immer noch schlecht.

Tessa steht noch im Flur.

„Willst du rüberkommen?

Was trinken?

Was essen?"

Ich nicke.

Diesen Schreck muss ich erstmal verkraften.

Am besten im Strandkorb mit einer Flasche Cola.

„Und wo ist Guy Roland?

Weiß er schon Bescheid?"

Tessa nickt.

„Ja, den haben sie vom Training abgeholt.

Mit Dolmetscher.

Aber sie haben ihn schnell wieder laufen gelassen!

Als Promi hast du erstmal gute Karten.

Und unsere Nummer 13 wird besonders gut behandelt.

Der soll ja weiter Tore schießen!"

Ich schließe die Augen.

Und bin jetzt sehr froh, nicht alleine zu sein.

Tessa ist in der Küche und bügelt ihre Wäsche.
Das Radio dudelt die neusten Charts.
Ich versuche, den Einbruch zu vergessen.
Geht aber nicht.
Die Schuhgröße 38 geistert durch meinen Kopf.
Ein Dieb mit so kleinen Füßen!
Das kann eine Frau sein.
Ja.
Es kann aber genauso gut ein Kind sein!
Ein Kind mit Namen Mats!
Könnte doch sein, oder?
Falls er Größe 38 hat?
Wär das ein Beweis?
Du spinnst Paul!
Ja, kann ja sein!
Zu viele von diesen bekloppten Kinderkrimis gelesen!
Trotzdem!
Ich werde den Gedanken an Mats einfach nicht los.
Warum hat er mir die Hausaufgaben gebracht?
Warum hat er mich in den Wäschekeller begleitet?
Warum ist er dort länger geblieben als ich?
Warum fehlten anschließend die Trikots und die
Sporttasche?
Und warum will Mats unbedingt mit mir befreundet
sein?
Hoffentlich dreh ich jetzt nicht durch!
Und hoffentlich kann ich endlich wieder an was
anderes denken.
Und die Größe 38 vergessen!

Als es an der Tür klingelt, weiß ich sofort, das ist Papa.

Ich hab ihm keine Nachricht hinterlassen, wo ich bin.

Mist!

Aber Papa ist überhaupt nicht besorgt.

Er ist gut gelaunt.

Wie immer.

Er hat Guy Roland im Flur getroffen.

Der hat ihm alles erzählt.

Und Papa hat ihn zum Essen eingeladen.

Ihn!

Die Nummer 13!

Guy Roland!

Den neuen Superstürmer!

Es gibt Spaghetti, Tomatensauce und Parmesan.

Ob er das mag?

Papa ist nicht gerade der beste Koch.

Aber Spaghetti kriegt er ziemlich gut hin.

Ob Guy Roland Spaghetti mag?

„Kommst du auch?", fragt er Tessa.

Tessa nickt.

„Gerne! Soll ich für euch kochen?"

Papa schüttelt den Kopf.

„Heute mach ich das!

In einer halben Stunde steht das Essen auf dem Tisch!

Reibst du mal den Käse, Paul?"

Na klar!

Käse für Guy Roland!

Ich bin aufgeregt.

Ob er mir ein Autogramm gibt?

Auf die Schultasche?
Auf den Unterarm?
Nein, am besten auf die schöne weiße Wand in
meinem Zimmer!
Riesig groß!
Einmal drei Meter!
Sein Name quer über die ganze Wand!
Das wär der Hammer!
So ein Autogramm hat niemand!
Hoffentlich haben wir einen Edding!
Aber ich hab noch ein paar Tuben mit Acrylfarben.
Die gehen auch!

Ich hab die Kiste mit den Eddings gefunden.
Sofort habe ich Guy Roland in mein Zimmer gelockt.
„Please autogram!" hab ich gesagt.
Dann hab ich über die leere weiße Fläche gezeigt.
„Sure?", hat er gesagt.
„Yes, sure!", hat mein Englisch geantwortet.

Und dann war das Kunstwerk auf meiner Wand.
Riesig groß und super schön!
„Thank you!", hab ich gesagt.
Und mich total gefreut.
Auch über unsere Konversation.
In Englisch.

Ja, und das ging dann so weiter.
Tessa und Papa haben französisch gesprochen.
Und ab und zu für mich übersetzt.
Ich habe mein Englisch zusammengekratzt.
Das ging ziemlich gut.
„Your daughter?"
„Yes!"
„And where she is now?"
„In France! She ist visiting her grandmother!
But they will come back tomorrow!"
Aha!
Morgen also.
„Tomorrow party! I invite you!
You will come?"
„Yes of course!", sage ich.
Und bin echt stolz, dass ich schneller bin
mit meiner Antwort als Papa und Tessa.

Es war ein lustiger Abend.
Trotz Einbruch.
Der interessiert
Guy Roland
nicht wirklich.
Die Versicherung wird zahlen.

So what?

Und wer waren die Einbrecher?

Papa übersetzt.

„Das muss jemand gewesen sein, der weiß, dass ich hier wohne!", sagt Guy Roland.

„Es wird neue Schlösser geben.

Und ich werde besser aufpassen.

Hoffentlich!"

Er lacht.

Guy Roland ist ein super Typ.

Total unkompliziert.

Und überhaupt nicht arrogant oder so.

Aber um zehn muss ich ins Bett.

„Till tomorrow!", sagt Guy Roland.

„Till tomorrow!", sage ich.

Ich liege im Bett.

Und werde den Gedanken an Mats nicht los.

Immer wieder taucht er vor meinen geschlossenen Augen auf.

Ich hab keine Ahnung, wie ich ihn verscheuchen kann.

Aber morgen, morgen werde ich überprüfen, welche Schuhgröße er hat!

Dann weiß ich vielleicht mehr!

19. DIE COOLSTE GRILLPARTY DER WELT

Erste Stunde Sport.

Der Tag fängt gut an.

Aber er wird noch besser werden.

Am Abend steigt die Gartenparty.

Und ich bin eingeladen!

Heute!

Am 13. September!

Im Haus Nr. 13!

Von der Nummer 13!

Die 13 ist einfach meine Glückszahl!

Mats ist gerade dabei, Karten zu verteilen.

Bunte Karten.

Geburtstagskarten!

Die Mädchen bekommen keine.

Auch Leo nicht!

Und ich?

Ich will sowieso keine.

Aber auch mir drückt Mats eine Karte in die Hand.

Warum das denn?

Helena verdreht die Augen.

„Na, da kannst du ja schon mal üben!"

„Was soll ich denn üben?"

„Es wird wie immer wettpinkeln geben!

Das ist das Highlight auf Mats Geburtstagen!

Für den Sieger gibt's ziemlich coole Preise.

Im letzten Jahr war der erste Preis ein Champions-League-Spiel im Stadion.

Für zwei Personen.
Der zweite Preis ein Ausflug ins Spaßbad mit Riesen-
rutsche.
Und der dritte Preis Kegeln mit Mats.
Die Jungs sind alle total scharf auf die Preise.
Deshalb trinken sie ab jetzt literweise Wasser.
Und üben weitpinkeln!
Jeder will gewinnen!"

Völlig klar, dass ich da nicht hinwill.
Wettpinkeln!
Ohne Penis!
Das geht eben nicht!
Außerdem hab ich keine Lust auf die Jungs in meiner
Klasse.
Die sind mir zu grob, zu laut.
Zu gemein.
Ich mag ihr Machogetue nicht.
Ich pass da nicht hin.
Aber warum lädt er mich überhaupt ein?
Wahrscheinlich wegen Guy Roland.
Bestimmt nur wegen der Nummer 13.

Wir wechseln unsere Schuhe.
Ich versuche in Mats Nähe zu sein.
Ich muss wissen, was er für eine Schuhgröße hat.
Und wenn er Nummer 38 hat?
Was heißt das?
Er ist schon in der Turnhalle abgetaucht.
Ich untersuche seine Schuhe.
Größe 38!

Und jetzt?

Wie geht's jetzt weiter?

Ich werde die Einladung zum Geburtstag annehmen.

Und dann werde ich schauen, ob ich Schuhe in Größe
44 finde …

Und dann …

Ganz unauffällig beobachten, ob mir was Verdächtiges
auffällt.

Vielleicht entdecke ich Dinge, die Guy Roland gehört
haben?

Laptop, Kamera, Flachbildschirme, Fahrräder …

Die Schulstunden haben sich heute sehr zäh angefühlt.

Ich konnte mich schlecht konzentrieren.

War mit meinen Gedanken überall.

Nur nicht in Mathe, Deutsch und Sachkunde.

Ich fand heute alles nur langweilig.

Und habe sehnsüchtig auf den Schulschluss gewartet.

Und dann schnell nach Hause.

Heute mit dem Rad.

Heute ohne Helena!

Schon an unserer Straßenkreuzung hab ichs gesehen.

Die Gäste sind schon da.

Jede Lücke ist zugeparkt.

Auf beiden Straßenseiten Autos mit ausländischen
Kennzeichen.

F, B und NL!

Ziemlich fette Karren, aber auch ein paar ältere Mo-
delle mit Blechschäden.

Papa ist in der Küche.

Er schneidet Kartoffeln.

„Wir bringen eine Schüssel deutschen Kartoffelsalat mit!

Gut?"

Ich nicke.

Und hoffe, dass die unseren legendären Kartoffelsalat nach uraltem deutschen Hausrezept auch mögen.

Aber ich bin schon auf dem Balkon.

Mit Adlerblick nach unten.

Der Garten ist voll.

Voller Menschen.

Und die sind alle schwarz oder braun.

Ich sehe wenig Frauen.

Und die Männer?

Sind das alles Fußballprofis?

Manche sehen so aus.

Schlank und muskulös.

Echt durchtrainiert.

Ich höre fremde Sprachen.

Vor allem Französisch.

Das kenne ich jetzt schon.

Die Stimmung scheint gut.

Es ist laut.

Es wird viel gelacht.

Irgendjemand trommelt.

Die meisten stehen und reden und rauchen.

Einige schießen Bälle aufs Tor.

Andere hüpfen auf dem Trampolin.

Drei kleine Jungs paddeln im Pool.

Die kleine Prinzessin sitzt im Sandkasten.

Und backt wahrscheinlich Kuchen.

Jetzt hat Guy Roland mich entdeckt.
Er winkt mir zu.
„Hallo Paul!"
Ich winke zurück.
„Hallo Guy Roland!"
Jetzt winken mir auch ein paar andere zu.
Und rufen:
„Hallo Paul!"
Ich fühl mich mega!

Inzwischen gibt's Musik aus Lautsprechern.
Fetzige Rhythmen.
Gefällt mir.
Hoffentlich ruft keiner die Polizei ...
Dann wär die Party beendet, bevor sie richtig angefangen hat!

Ich quäl mich heute etwas mit meinen Hausaufgaben.
Wäre lieber schon unten.
Aber um 16.00 Uhr klingelt es.
Und Guy Roland an der Gegensprechanlage sagt:
„Please come!"

Ich spring sofort auf.
Papa transportiert die Schüssel mit deutschem Kartoffelsalat.
Und dann sind wir mittendrin.
In Guy Rolands Gartenparty.
Sieht aus wie ein Familienfest.

Wir sind die einzigen Weißen.
Wir fallen echt auf.
Mit unserer hellen Haut und unseren ausgebleichten
blonden Haaren.
Aber wir fühlen uns nicht fremd.
Irgendjemand sucht immer das Gespräch.
Irgendjemand sucht immer nach einer gemeinsamen
Sprache.
Mir reicht meistens die Zeichensprache.

Auf der Hollywoodschaukel sitzt eine ziemlich alte Frau.
Haare grau und ziemlich dick.
Aber sonst so schwarz wie die anderen.
„Maman!", sagt Guy Roland.
Er setzt sich neben sie.
Legt den Arm um ihre Schulter.
Er scheint sie sehr zu lieben.
Für einen Moment werde ich etwas traurig.
Ich würde jetzt auch gerne wie Roland neben Mama
sitzen.
Auf der Hollywoodschaukel.
Meinen Kopf an ihre Schulter lehnen.
Ja, es gibt Situationen, da fehlt Mama.
Aber bald ist sie ja wieder da.
Für ein paar Tage.
Papa ist ab nächste Woche für einen ganzen Monat
weg.
Aber ich bin ja nicht allein.
Omaopa freuen sich.
Ich kann mich auch freuen.
Zum Beispiel auf die Eisenbahn.

Tessa ist auch gekommen.

Sie hat eine Riesenschüssel mit Salat mitgebracht.

Und dann geht's los.

Der Grill wird angeworfen.

Und bald duftet es total lecker.

Nach Steaks und Schaschlik.

Nach Schnitzel und Würsten.

Es gibt jede Menge Fleisch.

Und jede Menge Brot.

Aber null Vitamine.

Kein Gemüse.

Nur Tessas Schüssel.

Und unseren Kartoffelsalat.

Ich versuche die Menschen zu zählen, die inzwischen eingetrudelt sind.

Fünfzig?

Oder mehr?

Die Getränke stehen in Kisten.

Es gibt Wasser und Cola.

Bier gibt's auch.

Die meisten trinken keinen Alkohol.

Aber sie rauchen.

Ich bin gespannt, wann sich die ersten Hausbewohner beschweren und die Polizei holen.

Papa sagt, Guy Roland hat auch alle anderen Bewohner von Nr. 13 eingeladen.

Aber gekommen ist keiner.

Außer uns.

Alle sind irgendwie beschäftigt.

Mitreden und spielen und essen und trinken.

Die Stimmung ist toll.

Und Papa ist froh, mal wieder Französisch sprechen zu
können.

Ich habe eine Stunde lang Sandkuchen mit der Prin-
zessin gebacken.
Dann musste sie ins Bett.
Danach hab ich mit den kleinen Jungs im Pool getobt.
Und dann durfte ich Bälle aufs Tor schießen.
Eine ganze Stunde lang!
Und mein Torwart hat jeden Ball gehalten.
Jeden!
Obwohl meine Bälle knallhart waren.
Und ich immer die oberen Ecken angepeilt habe.
Meine Bälle waren genial.
Aber keine Chance.
Ich glaube, Jim ist ein Profi.
Wahrscheinlich ist er Torwart irgendeiner National-
mannschaft.

Dann ist es dunkel.
Fackeln brennen.
Die Reggae-Musik wird lauter.
Zwei Trommler schlagen wilde Rhythmen.
Einige tanzen.
Ich werde langsam müde.
Zum Glück ist die Hängematte frei.
Das ist die Krönung.
Den Mond anglotzen.
Die Sterne zählen.
Mich in die Musik fallen lassen.
Und in das Glück!

So eine Party habe ich noch nie erlebt!
Und ich weiß, vielleicht kommt so etwas Schönes
niemals wieder!
Niemals mehr!
Also ab in den Erinnerungstank damit!
Und niemals vergessen.

Um 22.00 Uhr wird es still.
Ich höre Guy Roland sprechen.
Hört sich nach einer Rede an.
Ich verstehe nichts.
Schade.
Ich muss unbedingt bald Französisch lernen.
Unbedingt!
Und dann gibt's für jeden ein Geschenk!
Es gibt ein Trikot.
Mit der Nummer 13.
Und seinem Namen.
Für jeden.
Auch für mich!
Und es passt perfekt!
Mensch Guy Roland!
„Thank you!"

Irgendjemand hat Holz besorgt.
Es gibt ein richtiges Lagerfeuer.
Mit lodernden Flammen.
Dazu Trommelmusik.
Zum Abheben!
Und immer noch und immer wieder Fleisch vom Grill!
Das kann jetzt ewig so weitergehen …

Wie gut, dass morgen Samstag ist …
Wie gut, dass ich morgen ausschlafen kann.
Aber dann stehen plötzlich vier Polizisten im Garten.
Die Musik verstummt.
Jemand gießt einen Eimer Wasser aus dem Pool ins Feuer.
Es wird still.
Die Party ist zu Ende!
Aber ich werde gleich mein Trikot anziehen.
Und bestimmt super gut schlafen!
Und sicher was ganz besonders Tolles träumen!
Nach so einem Glückstag!

20. WE ARE THE CHAMPIONS

In der Schule läuft alles ziemlich rund.

Bis jetzt gabs keine Probleme.

Kein Mensch ist bis jetzt auf die Idee gekommen, dass ich eigentlich Paula bin!

Trotzdem denke ich jeden Tag daran, es allen zu sagen.

Nicht mehr lange, dann wird es passieren.

Jeder soll es wissen.

Und dann?

Ich werde alles aushalten.

Auch wenn Mats und seine Clique mit blöden Sprüchen kommen.

Und mich ausgrenzen.

Anfangen, mich zu mobben.

Mir ist das egal.

Ich fühl mich irgendwie stark genug.

Und Helena?

Ja, Helena!

Ob sie ein Problem haben könnte?

Aber auch da muss ich irgendwie durch.

Momentan ist meine Position nicht schlecht.

Letzte Woche wurden die Klassensprecher gewählt.

Helena ist die Nummer 1.

Und ich bin die Nummer 2.

Ja, sogar die Jungs haben mich gewählt.

Das macht mir Mut.

Mut für den großen Tag.

Wenn ich es allen sagen werde.

Vielleicht schon ziemlich bald.

In zwei Wochen beginnt nämlich der Sexualkundeunterricht.

Es gab deswegen schon zwei Elternabende.

Mama und Papa waren nicht dabei.

„Sexualität ist die natürlichste Sache von der Welt!",
sagt Papa.

„Wenn diese Eltern damit Probleme haben, tun mir
ihre Kinder echt leid!"

„So ein Theater mach ich nicht mit!", sagt Mama.

„Ich finde es ganz normal und völlig richtig, dass es
dieses Fach gibt!

Und warum jetzt der Unterricht getrennt wird für
Jungen und Mädchen!

Das ist ja fast schon wieder Mittelalter!"

„Es gibt ja sogar Eltern, die ihr Kind vom Sexualkundeunterricht abmelden wollen!", sagt Papa.

Ich brauche sowieso keine Sexualkunde.

Ich kenn mich ziemlich gut aus.

Seit ich begonnen habe, Paul zu sein, habe ich mit
Mama und Papa ja ziemlich oft über Sexualität geredet.

Für mich ist das echt nichts Besonderes.

Aber es gibt eben auch andere Eltern.

„Meinen Eltern ist das Thema peinlich!", sagt Helena.

„Die reden mit mir nie darüber.

Als Psychologen!

Und die waren es auch, die auf die Trennung von
Jungs und Mädchen bestanden haben! Echt peinlich!

Die haben mir neulich zwei Bücher in die Hand
gedrückt.

Die sollte ich mal lesen.

Das wars dann!"

Für mich und mein Outing ist das aber vielleicht der
richtige Zeitpunkt.
Bevor ich in die Jungsgruppe gehen muss, sage ich es.
Das nehme ich mir jetzt ganz fest vor.

Ich kann nicht aufhören, Mats zu beobachten.
Seine Schuhgröße geht mir nicht aus dem Kopf.
Aber nächste Woche ist sein Geburtstag.
Da werde ich seine Wohnung ganz genau unter die
Lupe nehmen.
Mats ist der King unter den Jungs.
Ich weiß nicht wirklich, was alle an ihm finden.
In der Pause wollen jedenfalls alle in seiner Nähe sein.
Und er ist der Bestimmer.
Ich mag nicht, wie er mit seinen Sachen angibt.
Das neueste Handy.
Die modernsten Klamotten.
Die coolsten Sportschuhe.
Ständig ein neuer Haarschnitt mit Strähnchen und so.
Und das meiste Taschengeld hat er auch.
In den Pausen läuft er heimlich zum Kiosk.
Dort kauft er jede Menge Zuckerzeug.
Gummibärchen, Schokoriegel, Schokoküsse.
Auch Chips und Erdnüsse.
Das alles verteilt er an seine Clique.
Ob sie ihn deshalb so toll finden?
Aber warum lässt er mich in Ruhe?
Traut sich nicht, mich zu mobben?
Weil ich in diesem besonderen Haus wohne?

Und Guy Roland so etwas wie mein Freund ist?

Im Postkasten liegt heute Post für mich.
Ein grüner Umschlag.
Paul steht vorne drauf.
Mehr nicht.
Und hinten auch nur ein Wort.
Guy Roland!
Ich reiße den Umschlag auf der Stelle auf!
Kein Brief. Nein.
Zwei Karten flattern mir entgegen.
Zwei Eintrittskarten fürs Stadion.
Für unser gigantisches Stadion.
Für das nächste Heimspiel am Samstag!
Gegen unsere Rivalen.
Die von Platz 2.
Der Wahnsinn!
Auf einer der Karten steht in Englisch:
„To you my friend Paul! Have fun!"
Wie gut, dass ich schon so viel Englisch kann!
Ich kann mein Glück nicht fassen!
Aber wer geht mit?
So richtig fußballverrückt ist keiner in meiner Familie.
Papa sowieso nicht.
Aber der ist gerade mal wieder an der Ostsee.
Als Mephisto.
Mama?
Nein!
War eh klar!
Mama hat keine Lust auf ein Stadion mit 85.000
Menschen.

„Bei aller Liebe zu dir, Paul!
Lass mich bitte hier!"
Bleiben noch Omaopa.
Aber Opa hat einen wichtigen Auftrag zu erledigen.
Wand streichen oder so.
Bleibt Oma!
Oma und Fußball?
Das passt auch nicht wirklich.
Auch Oma hasst Menschenmassen und Gegröle.
Ich trau mich gar nicht, Oma zu fragen.
Aber Oma findet es toll.
„Super, Paul! Endlich mal!
Da bin ich fast siebzig.
Bin in dieser Stadt geboren.
Und war noch nie im Stadion!
Das geht doch nicht, oder?"
Nein, das geht gar nicht!

Und dann ist er da!
Der große Tag!
Ich bin total aufgedreht.
Weiß nicht wirklich was mit mir anzufangen.
Renne ständig zum Balkon.
Schaue runter.
Aber Guy Roland ist nicht da.
Wahrscheinlich beim Training.
Schade.
Ich versuche mich, mit der Eisenbahn abzulenken.
Hämmer wie ein Besessener auf die Fernbedienung.
Lasse die Züge rasen.
Die Lichter an- und ausgehen.

Und dann … geht nichts mehr.
Die Lichter sind aus.
Die Züge stehen.
Ich drücke auf alle Tasten.
Nichts!
Kaputt?
Weil ich Idiot wie blöd auf die Tasten gehämmert habe?
Und jetzt?
Opa ist nicht da.
Ob er das wieder hinkriegt?
Ach, bestimmt schafft er das!
Oma beruhigt mich mit einer Tasse heißer Schokolade.
Dann schaut sie auf die Uhr.
„Wir könnten langsam los, was meinst du?
Die Stimmung vor dem Spiel soll ja auch schon großartig sein!"

„Gehen wir zu Fuß?"
Oma schüttelt den Kopf.
„Lass uns den Bus nehmen!"
Zum Glück ist es noch warm.
Ich zieh mein neues Trikot an.
Das sitzt perfekt.
Es kann losgehen.

An der Bushaltestelle warten viele.
Fast alle in Fanbekleidung.
Shirts, Pullis, Schals und Mützen.
In den Farben dieser Stadt.
Meine Aufregung steigt.

Ein tolles Gefühl ist das.

Mittendrin.

Umgeben von gutgelaunten Fans.

Einige haben Bierdosen in der Hand.

Und singen Lieder.

Irgendwann singe ich mit.

„We are the Champions!"

Der Gesang wird immer lauter.

Das Stadion ist jetzt schon zu sehen.

Und Menschen.

Tausende von Menschen.

In den Farben dieser Stadt.

Irre sieht das aus.

Fast unwirklich.

Dann steigen wir aus.

Ich fasse Omas Hand.

Jetzt bloß nicht verloren gehen.

So viele Menschen auf einmal!

So was hab ich noch nie gesehen!

Und ich, der kleine Paul, mittendrin!

Mir ist zum Abheben.

Gleich flieg ich davon.

So ein Gefühl ist jetzt in mir.

Total schön!

Gibt's was Schöneres?

Mir fällt momentan nichts ein.

Ich hab Omas Hand fest im Griff.

Und lasse mich treiben.

Man muss nichts anderes tun, als den anderen zu folgen.

Irgendwie erinnert mich das an den Almauftrieb in Österreich.

Alle eng beieinander.

In der großen Masse.

Strömen dem einen Ziel zu.

Dem Eingang vom Stadion.

Rucksackkontrolle.

Kartenkontrolle.

Dann sind wir drin.

Überall Gewusel.

Mehr Männer als Frauen.

Nur wenige Kinder.

Die Männer mit Bechern in der Hand.

Aus denen das Bier schwappt.

Bratwurststände gibt es auch.

Es duftet lecker.

In der Halbzeitpause schlag ich zu.

Mir läuft jetzt schon das Wasser im Mund zusammen.

Wir finden unseren Platz leicht.

So einfach hab ich mir das alles nicht vorgestellt.

Auch ich hatte etwas Horror vor den Menschenmassen.

Unser Platz ist super.

Totaler Überblick über das Spielfeld.

Und links neben uns ist die berühmte Südtribüne.

Die Tribüne mit den ganz besessenen Fans.

Solche, die neunzig Minuten lang riesige Fahnen schwenken.

Die neunzig Minuten lang ohne Pause Fangesänge grölen.

Die beim Vereinslied ihre Schals über die Köpfe heben.
Die ganze Zeit trommeln und ihre Spieler mit ihrer
Begeisterung anfeuern.
Ist das eine Stimmung!

Der Wahnsinn ist das!
Das Stadion füllt sich.
Musik dröhnt aus den Boxen.
Immer wieder „We are the champions!"
Und ich kann nicht anders.
Ich singe mit.
Ich glaube, ich bin jetzt schon heiser.
Und der Anpfiff ist erst in zehn Minuten!

Oma schaut sich um.
Auch ihr gefällt es.
Sie lässt sich mitreißen von dieser Stimmung.
Sie strahlt.
Und sieht zwanzig Jahre jünger aus.
Sie redet mit den jungen Männern hinter ihr.
Irgendeiner reicht ihr jetzt seinen Becher mit Bier.
Den will Oma aber nicht!

Dann ist es soweit!
Es geht los.
Die Spieler laufen aufs Spielfeld.
Nehmen ihre Position ein.
Ist das aufregend!
Mir ist schwindelig!
Jetzt kommt die große Hymne.
Das Stadion erhebt sich.

Alle.
Wie in der Kirche.
Die Stimmung hat jetzt was Feierliches.
Und alle singen jetzt.
Dabei schwenken sie die Schals über ihre Köpfe.
Gleich heul ich los.
So besonders ist das alles hier!

Dann der Anpfiff.
Die Spieler rennen los.
Die Fans singen und trommeln.
Die Fahnen wehen im Wind.
Ich suche die Nummer 13.
Ich kneife meine Augen zusammen.
Wahrscheinlich brauch ich wirklich eine Brille.
Wo ist er?
Warum seh ich ihn nicht?
Die Spieler kommen mir auf einmal so winzig klein
vor.
Ich erkenne keine einzige Zahl auf den Shirts.
Wo ist Guy Roland?
Ich werde unruhig.
Kann mich gar nicht auf das Spiel konzentrieren.
Such nur ihn.
Aber finde ihn nicht.
Es gibt zwei Schwarze in unserer Mannschaft.
Die stürmen jetzt aufs Tor zu.
Aber keiner von beiden ist Guy Roland.
Einer hat Dreadlocks, der andere einen glatt rasierten
Schädel.
Guy Roland hat Haare auf dem Kopf.
Kurze schwarze Locken.
Nicht besonders lang.
Ich kann mich noch so anstrengen, aber ich entdecke
ihn nicht.
Sitzt er etwa auf der Reservebank?
Kann das sein?
Dieser Superstürmer?
Dieses Riesentalent?

Auf der Reservebank?

Das kann nicht sein, oder?

Ob er krank ist?

Aber ich habe ihn gestern doch noch gesehen.

Da war er putzmunter wie immer.

Meine Stimmung sackt zusammen.

Vom Höhenflug ab auf den Boden.

Peng.

Hart gelandet.

Mensch Paul!

Reiß dich zusammen!

Kann doch sein, dass sie ihn schonen wollen.

Dass er heute wirklich nur auf der Reservebank sitzt.

Wenn sie ihn brauchen, werden sie ihn schon ein-
wechseln!

Ja, ich glaub das jetzt einfach!

Und versuch wieder in Stimmung zu kommen.

In die Stimmung, die vor mir, neben mir, überall
schwebt.

Aber ich bin trotzdem enttäuscht, dass ich ihn nicht in
Aktion sehe.

Und total traurig, dass nicht er es ist, der jetzt in diesem Moment das erste Tor schießt.

Für uns!

Aber ich singe dann doch mit!

We are the Champions!

Und tauche wieder ein in diese Superstimmung hier.

Dann ist Halbzeitpause.

Aber der Appetit auf eine Bratwurst ist mir vergangen.

Schade!

Oma unterhält sich mit ihrem Nachbarn.

Und ich?
Ich frage den jungen Mann hinter mir, warum Guy
Roland nicht mitspielt.
„Vielleicht ist er verletzt? Vielleicht ist er krank?
Es gibt noch zwei andere, die einen Magen-Darm-Virus
erwischt haben und heute ausfallen!", sagt der Typ.
Komplett eingehüllt in Fanklamotten.
Auf seinem Shirt die Nummer 13!
„Oder auf der Reservebank?", sage ich.
„Ich habe die Hoffnung noch nicht aufgegeben, dass er
gleich noch kommt!"
„Das glaube ich nicht! Auf so einen Stürmer verzichten?
Bei dem Spiel gegen unsere Rivalen!
Sicher nicht!"

Könnte er tatsächlich krank sein?
Na ja, ein Magen-Darm-Virus kann ja ziemlich schnell
kommen!
Und jetzt genießen, Paul!
Wer weiß, wann und ob du jemals wieder ins Stadion
kommst!
Ja!
Das Spiel geht weiter.
Auch jetzt keine Nummer 13!
Reiß dich zusammen, Paul!
Ja! Mach ich!
Ich singe alle Lieder mit, obwohl ich die Texte nicht
kenne.
Aber die eine oder andere Zeile geht schon.
Als das Spiel zu Ende ist, hab ich sogar einen Lieblings-
song.

„Hier fragt man nicht nach arm oder reich,
wir Fans auf der Tribüne,
wir sind alle gleich!"
Ich finde es total schön dieses Lied.
So schön, dass ich kurz davor bin zu heulen.

Wir haben gewonnen.
1 zu 0.
Immerhin.
Mit Guy Roland hätte das Ergebnis bestimmt anders
ausgesehen.
Der hätte ein paar Tore mehr geschossen!
Bestimmt!

Und wie kommen wir jetzt alle wieder aus dem Stadi-
on raus?
Alle 85.000?
Die Bewohner einer ganzen Kleinstadt?
Auf einmal?
Alle raus?
Rein in Busse und Bahnen?
Mit dem Auto vom Parkplatz runter?
Ich suche Omas Hand.
Tausende strömen dem Ausgang zu.
Und wir mittendrin.
Einfach immer geradeaus.
Wie eine Horde Schafe.
Aber es funktioniert.
Es passiert nichts.
Kein Geschiebe, kein Gedränge.
Unglaublich!

Irgendwann sitzen wir im Bus.
Und kommen zu Hause an.
„Schön wars!", sagt Oma.
„Ein echtes Erlebnis!
Danke, Paul!"

Wie gut, dass Mama zu Hause ist.
Wie gut, dass ich ihr alles erzählen kann.
Und wie gut, dass sie jetzt sagt:
„Klingeln wir doch einfach unten an und fragen nach,
was los ist!"
So eine gute Idee!
Manchmal ist einfach ganz plötzlich alles ganz leicht.
Wir klingeln.
Die Tür wird geöffnet.
Und wer steht vor uns?
Mit diesem Wahnsinnslachen?
Es ist Guy Roland!
Mit einer Krücke in der Hand.
Also verletzt?
„Come in!", sagt er.
Mir fällt ein Stein vom Herzen.
Mensch Paul!

Dann reden alle wieder Französisch.
Und ich verstehe nichts.
Mama übersetzt von Zeit zu Zeit.
Guy Roland hat sich gestern beim Training verletzt.
Muss zwei Monate pausieren.
„Und jetzt laden sie uns zum Abendessen ein, magst
du?

Es gibt's was Afrikanisches!"
Und ob ich mag!
Egal, was es gibt!
Hier esse ich alles!
Jeder bekommt einen tiefen Teller und einen Löffel.
Es ist scharf.
Das merke ich sofort.
Auf dem Tisch steht ein Fleischeintopf mit Reis.
Ungewöhnlich.
Aber lecker!
Ich brauche sehr viel Wasser.
Sehr sehr viel!

Beim Abschied legt mir Guy Roland den Arm um die
Schulter.
„Mon ami Paul!"
„Und, was heißt das, Mama?"
„Das heißt:
Mein Freund Paul!"

Mir wird ganz warm.
Und alles ist wieder gut.
Und ich kann jetzt schon Französisch.
Immerhin.
Zwei Worte.
Zwei sehr wichtige!

21. HELENAS EINLADUNG

Guy Roland hat inzwischen neue Fenster bekommen.
Absolut einbruchsicher.
Und eine neue Wohnungstür.
Alles wie im Hochsicherheitstrakt.
Und eine Alarmanlage.
Ein neuer Porsche steht auch schon in der Tiefgarage.
Alles andere ist auch wieder da.
Mal eben schnell gekauft.
Die Versicherung hat gezahlt.

Aber die Diebe sind immer noch nicht erwischt.
„Es muss jemand gewesen sein, der ganz genau weiß,
dass Guy Roland hier wohnt.
Und dass da eine Menge zu holen ist!", sagt Mama.
„Ich vermute eine rumänische Bande.
Die haben sich in den letzten Jahren auf Wohnungs-
einbrüche spezialisiert.
Und setzen dabei gerne ihre Kinder ein.
Weil die sogar durch schmale Kellerfenster passen.
Die Schuhgröße 38 spricht ganz dafür!"

Wie gut, dass wir ganz oben wohnen!
Und wie gut, dass bei uns nichts zu holen ist.
Ich hoffe, das hat sich bei den Einbrecherbanden
rumgesprochen.

Guy Roland sehe ich jetzt oft.
Bei gutem Wetter sitzt er auf seiner Hollywoodschaukel.

Mit Stöpsel im Ohr.
Und Tablet in der Hand.
Immer, wenn er mich auf dem Balkon entdeckt, winkt
er mir zu.
„Mon ami Paul!", sagt er dann und schickt mir sein
Lächeln.
Ich freue mich jedes Mal wie blöd!

Zwischendurch wird er abgeholt und ins Therapiezen-
trum gebracht.
Ab und zu kommt ein Sprachlehrer.
Seine Frau und die kleine Prinzessin sind mal wieder
in Frankreich.
Er lädt uns oft am Abend ein.
Dann bestellt er Pizza.
Wir spielen Karten.
Schauen deutsche Filme.
Versuchen mit ihm deutsch zu sprechen.
Besonders viel hat er aber noch nicht gelernt.

Heute gabs mal wieder Post für mich.
Ein Brief von Helena.
Mit einer Einladung fürs übernächste Wochenende.
Mit Übernachtung!
Im Ferienhaus in den Bergen!

„Frag bitte deine Eltern, ob sie es erlauben!" schreibt
sie.
„Und vergiss dein Schwimmzeug nicht.
Wir haben Pool und Sauna im Haus!
PS: Deine Eltern sollen bitte schriftlich ihre

Einwilligung geben!
Meine Eltern wollen das so! Na ja … so sind sie eben …"

„Darf ich, Mama?"
Mama hat nichts dagegen.
Und ich?
Will ich das?
Kann ich das?
Könnte es Probleme geben?
Eigentlich ja nur, wenn sie mich nackt sieht!
Nur dann!
Oder?
Also muss ich das verhindern!
Unbedingt!
Sauna geht also gar nicht!
Aber da wird mir schon eine Ausrede einfallen!
Bestimmt!
Ich freu mich!
Ja, ich kann mich freuen!
Irgendwie krieg ich das schon hin.
Und wenn nicht?
Wenn irgendjemand was merkt?
Mein Geheimnis rausfindet?
Dann muss ich eben alles sagen!
Das will ich ja sowieso!

Mama ist jetzt auch abgereist.
Sie spielt immer noch die Pippi Langstrumpf.
Dieses Mal ist sie ganz weit weg.
Auf Tournee in Österreich.
Wien, Graz und Innsbruck.

Vier lange Wochen lang werde ich Mama nicht sehen.
Und auch Papa nicht.
Der muss noch vier Wochen lang den Mephisto an der
Ostsee spielen.
Etwas traurig bin ich schon.
Aber das ist normal.
Abschiede tun weh.
Immer.
Immer wieder.
Das ist einfach so.
Wenn man jemanden liebt.
Etwas heulen.
Dann tief durchatmen.
Und sich freuen, dass sie irgendwann wieder da sind.

Denn dann sind Herbstferien.
Und dann hab ich Mama und Papa wieder ganz für
mich allein.
Wir werden nach Italien fahren.
Wir werden im Meer baden.
Und die Zeit genießen.
Zu dritt!

Jetzt also vier Wochen Omaopa!
Das ist auch schön.
Obwohl es etwas schade ist, dass ich Guy Roland nicht
ständig sehen kann.
Kein Blick vom Balkon.
Leider.
Aber wir haben uns verabredet.
Einmal in der Woche bin ich bei ihm.

Er wird Pizza bestellen.

Und wir werden Karten spielen.

Und deutsch reden.

Mit Wörterbuch.

Ich bin also sein ganz privater Deutschunterricht!

Das macht mich ganz schön stolz!

Einmal in der Woche ist er bei Omaopa zum Essen
eingeladen!

Zum deutschen Essen!

Gulasch, Rouladen, Braten, Eintöpfe ... und so.

Ob er das alles mag?

„Ich kann natürlich auch Pizza für ihn bestellen oder
Nudeln kochen!"

Oma sieht das ganz entspannt.

Aber sie hat ziemlichen Ehrgeiz, dass Guy Roland
etwas deutsch lernt!

Also nimmt sie sich vor, kein Französisch zu sprechen.

Und auch kein Englisch.

22. FREUNDE?!

In der Schule gibt's heute Post für mich.
Von Mats.
Infos zur Boys-Party!
Am Samstag.
Im Brief stehen die Details.
Beginn um 15.00 Uhr bei ihm.
In der Braunschweiger Straße 10.
Zuerst gibt's ein Fussballturnier.
Dann Wettpinkeln.
Diverse andere Spiele.
Ausflug ins Spaßbad.
Am Abend Lagerfeuer, Nachtwanderung mit
Übernachtung.
Bitte Schwimmzeug mitbringen!
Und Luftmatratze und Schlafsack!

Alle zehn Jungs der Klasse sind eingeladen.
Alle.
Bis auf Leo.
Ob er darüber traurig ist?
Bestimmt ist er das!

Ich weiß nicht, warum er so ausgegrenzt wird.
Ich finde Leo irgendwie nett.
Okay, er ist nicht besonders gut in der Schule.
Etwas langsam ist er auch, das schon.
Seine Klamotten sind auch nicht die coolsten.
Kein Markenzeug und so.

Aber so was ist mir ja sowieso egal.

Er ist unsportlich.

Ja, sehr sogar.

Er ist einfach zu dick.

Daran sollte er vielleicht was ändern.

Mit ein paar Kilo weniger wär er bestimmt doppelt so schnell.

Aber ich weiß noch zu wenig von ihm.

Und ich schäme mich eigentlich,

dass ich mich noch nicht um ihn gekümmert habe.

In den Pausen, wenn er allein am Zaun steht, bin ich ja immer bei Helena.

Ich könnte ihn mal einladen.

Ob er das gut findet?

Ich werde ihn fragen.

Schon bald!

Aber erstmal die Boys-Party!

Soll ich da überhaupt hin?

Will ich da überhaupt hin?

Nein!

Will ich nicht!

Ich hab keine Lust auf diese Jungs.

Helena hat mir genau erklärt, was alles zum Wettpinkeln gehört.

Erste Aufgabe also Weitpinkeln.

Dann einen halben Liter trinken.

Und dann nach einer Stunde in ein Glas zielen.

Vorher werden die Penisse genau inspiziert.

Wer ist beschnitten?

Aus religiösen Gründen?

Aus medizinischen Gründen?

Dann wird die Länge ausgemessen …

Das geht alles sowieso nicht.

Da muss mir eine megagute Ausrede einfallen.

Damit das Highlight der Boys-Party in diesem Jahr ausfällt.

Der einzige Grund, weshalb ich überhaupt hingehe, ist klar.

Die Geschichte mit den Schuhgrößen krieg ich nicht aus dem Kopf.

Ich muss unbedingt herausfinden, ob Mats Vater Größe 44 hat.

Und wenn ja?

Was dann?

Dann muss ich weiterforschen.

Was Verdächtiges entdecken … Diebesgut natürlich!

Deshalb muss ich jetzt los!

Ohne Schwimmzeug.

Und ohne Luftmatratze und Schlafsack.

Ganz ohne Gepäck.

Auch kein Geschenk.

Das hat Lorenz besorgt.

Keine Ahnung, was.

Ist mir auch egal.

Ein Buch bestimmt nicht.

Mats liest nie.

Vielleicht was von Lego.

Oder eine CD.

Oder DVD?

Ich hab Lorenz fünf Euro gegeben.

Der weiß genau, was Mats gut findet.

Und für 45 Euro kann man schon eine Menge kaufen!

Dann bin ich in der Braunschweiger Straße.

Und steh vor der Nummer 10.

Und bin jetzt nicht sicher, ob ich richtig bin.

Hab ich mir eine falsche Adresse notiert?

Ich hatte eine fette Villa erwartet.

Oder mindestens ein freistehendes Einfamilienhaus.

Weil Mats ja mit dem Geld nur so rumschmeißt.

Ich hab immer gedacht, der ist megareich.

Kauft niemals was vom Trödel.

Immer nur die allerneuesten Klamotten von Karstadt Sport.

Ich steh vor einem Hochhaus.

Die Gegend ist etwas schäbig.

Keine Bäume, keine Blumen.

Nur eine völlig vertrocknete Wiese.

Asphalt.

Und geparkte Autos.

Das Haus hat mindestens 10 Stockwerke.

Ich such das Klingelschild.

Lese viele ausländische Namen.

Irgendwann finde ich das, was ich suche.

Stefan, Cora und Mats Schuster.

Also keine Geschwister.

Ich drücke auf den Klingelknopf.

Eine Stimme sagt: 5. Etage!

Schon im Flur höre ich, ich bin richtig.
Es ist so laut wie in unserer Klasse.
Ich bin wohl der Letzte!
Vor der Tür lagern jede Menge Schuhe.
Sportschuhe.
Adidas, Puma und Nike.
Alle ziemlich neu.
Ich zieh meine Leinenschuhe aus.
Die Wohnung ist eng.
Schmaler Flur.
Drei Zimmer.
Küche, Bad.
Dagegen war sogar unser Piratenschiff in Berlin
gewaltig.
Ich schau mich um.
Schnell und heimlich.
An der Garderobe stehen viele Schuhe.
Viele mit der Größe 38.
Die gehören Mats.
Das weiß ich ja schon.
Mich interessieren die Männerschuhe.
Als ich einen Moment lang alleine im Flur bin,
schau ich sie genauer an.
Mein Herz klopft.
Meine Hände werden feucht.
Komme mir jetzt vor wie ein Einbrecher.
Wie ein Dieb.
Einer, der nicht erwischt werden will.
Meine Hände zittern, als ich den ersten Schuh
untersuche.
Größe 44!

Schnell noch die anderen!
Größe 44.
Alle!
Dann steht Mats im Flur.
Hat er was gemerkt?
„Ich muss in den Keller, Getränke holen!
Kommst du mit?", sagt er.

Super Idee!
Der Keller!
Gibt's einen besseren Ort, Diebesgut zu verstecken?
Zu lagern?
Nein!
„Klar! Mach ich!"
Wir nehmen den Aufzug.

„Super, dass du gekommen bist!"

„Du hast mich doch eingeladen!"

„Ich hab aber nicht geglaubt, dass du kommen würdest!"

„Und warum nicht?"

Mats zuckt die Schultern.

„Ich weiß nicht.

Du bist irgendwie anders!"

„Ist das ein Problem?"

Mats schüttelt den Kopf.

„Nein, überhaupt nicht!

Ich finde dich ja gut,

so wie du bist!"

Wir sind angekommen.

Mats schließt die Kellertür auf.

Ich seh es gleich.

Hier ist nicht das, was ich suche.

Hier gibt es Regale mit Konserven.

Und Kisten mit Getränken.

Wasser, Cola, Bier, Limonade, Wein, Sekt!

Sonst nichts.

Alles aufgeräumt und übersichtlich.

Ich bin fast ein wenig enttäuscht.

Aber auch sehr erleichtert.

Mats füllt zwei große Plastiktaschen mit Cola, Limonade
und Wasser.

Eine Tasche ist für mich.

„Kann ich dich mal wieder besuchen?"

„Im Wiesenweg bin ich vorläufig nicht.

Die nächsten vier Wochen bin ich bei meiner Oma
und meinem Opa!"

„Mir ist egal, wo!
Ich finde, dein Leben irgendwie spannend.
Meins ist eher langweilig!"
„Und weshalb?"
„Mein Vater ist meistens weg.
Auf Montage im Ausland.
Den seh ich selten.
Meine Mutter ist Hausfrau.
Die ist immer da … das schon … aber mit ihr ist es
langweilig.
Die ist auch oft weg.
Rennt ständig ins Fitnessstudio.
Arbeitet dort wie besessen an allen Maschinen.
Lässt keinen Kurs aus.
Macht Yoga.
Pilates.
Zumba.
Chigong.
Taichi.
Einfach alles, was es gibt.
Zwischendurch läuft sie mit ihren Freundinnen durch
den Wald.
Und wenn sie mal zu Hause ist, hängt sie vor der
Glotze ab.
Und trinkt Sekt.
Manchmal auch Wein.
Mir kauft sie alle neuen Spiele für meinen PC.
Ich krieg die neuesten Geräte.
Damit ich beschäftigt bin und sie nicht störe.
So sieht das aus bei mir!
Ich würde gerne mit dir tauschen!"

Ist das noch der Mats, den ich kenne?

Nein!

Dieser Mats ist ein anderer.

Und plötzlich kommt mir meine Verdächtigung komplett absurd vor.

Warum sollte Mats das gewesen sein?

Der kann den ganzen Kram doch gar nicht gebrauchen.

Hat eh alles selber.

Fernseher, Laptop, Tablet, Handy und Co.

Und sein Vater ist seit zwei Monaten nicht mehr zu Hause gewesen.

Vergiss es, Paul!

Ja!

Schuld sind all die bekloppten Kinderkrimis.

Wer sonst?

23. EINE RICHTIG GEMÜTLICHE PARTY

Wir sind wieder oben.

Es ist seltsam still.

Was ist passiert?

Keiner mehr da?

Alle gegangen, bevor die Party angefangen hat?

Mats wird blass.

Seine Mutter wuselt in der Küche.

Das Wohnzimmer ist leer.

(Natürlich kein Diebesgut auch hier!)

Wo sind die Jungs?

Mats öffnet die Tür zu seinem Zimmer.

Da hocken sie.

Alle.

Auf dem Bett, auf dem Boden.

Und starren auf einen Flachbildschirm.

(Mit Sicherheit nicht Rolands Marke!)

Da läuft gerade ein Zeichentrickfilm.

Sie sehen ganz zufrieden aus.

„Und was ist jetzt mit meinem Programm?

Wettpinkeln und so?"

Mats blickt enttäuscht in die Runde.

„Lass uns doch den Film zu Ende schauen!", sagt
Lorenz.

„Ist gerade so gemütlich hier!"

„Genau!", sagt Aaron.

„Ich finde, Wettpinkeln ist sowieso nicht mehr unsere
Liga."

„Irgendwie sind wir aus dem Alter raus!", sagt Kurt.

„Das ist was für kleine Jungs!

„Wie siehst du das, Paul?"

Mats schaut mich an.

So, als würde er sagen wollen: Bitte, Paul!

Sag, dass du Wettpinkeln super findest!

Bitte!

Aber ich muss ihm diese Bitte abschlagen.

Ich hätte mich ja eh verweigert.

Gut, dass die anderen es mir jetzt so leichtmachen.

„Ich hätte nicht gedurft!", sage ich.

„Wie gehören einer Glaubensgemeinschaft an, die
sowas verbietet.

Es gibt da gewisse Regeln.

So wie andere Kopftücher tragen, dürfen wir unseren
Penis nicht zur Schau stellen!

Ganz einfach.

Das ist eben so!"

Mats starrt mich an.

Die andern schauen etwas verwirrt, wollen mehr wissen.

Das seh ich gleich.

„Lass sie doch den Film schauen, Mats!

Wir zwei können doch schon mal trainieren fürs Fuß-
ballturnier."

Mats steht ziemlich unentschlossen an der Tür.

„Komm!", sage ich

Und ziehe ihn hinaus.

Ab auf die Wiese.

Da hab ich ja gerade nochmal Glück gehabt!

Wo hab ich bloß die Idee mit der Glaubensgemeinschaft her?

Die kam ganz einfach angeflogen.
Ganz einfach so.
Mehr weiß ich auch nicht!

Es gibt sogar ein Tor auf der großen Wiese.
Und ich steh jetzt drin.
Und halte fast alle Bälle.
Mats wird immer stiller.
Im Fußball ist er nicht der King!
Das ist eben so.

Dann wechseln wir die Position.
Mein Schuss ist der Hammer.
Irgendwie bin ich besonders gut drauf heute.
Bis jetzt ist alles gut gelaufen.
Für mich jedenfalls.
Mats tut mir echt ein wenig leid.
Die Rolle des Verlierers gefällt ihm nicht.
Er ist seltsam still.
Wo ist seine große Klappe?
„Komm, Mats!
Lass uns einfach nur aufs Tor schießen.
Ohne Torwart.
Einfach nur drauf.
Immer wieder!
Als Übung für die Schusstechnik!
Aus der Elfmeterposition.
Was meinst du?"
Mats nickt.
Bei diesem Spiel gibt es keine Verlierer!

Ich weiß nicht, wie lange wir schon spielen.
Beim Fußballspielen verliere ich das Gefühl von Zeit.
Eine Stunde?
Oder zwei?
Ich spiel wie im Rausch.
Und kann nur schwer aufhören.
Weil ich nie müde werde.

„Trinkpause!", sagt Mats.
„Komm, wir schauen mal, ob der Film zu Ende ist.
Wir wollten ja eigentlich längst schon im Schwimm-
bad sein."

„Zum Schwimmen kann ich euch leider nicht begleiten,
Mats!"
„Mensch Paul! Warum denn nicht?"
„Ich hab eine Allergie gegen gechlortes Wasser.
Nur Meerwasser geht.
Alles andere ist Gift für meine Haut.
Tut mir leid!"
Mats schaut enttäuscht.
„Das find ich blöd!
Ohne dich hab ich auch keine Lust!"
Er schaut auf seine Armbanduhr.
(Keine Rolex! War eh klar!)
„Fürs Schwimmbad ist es eigentlich sowieso schon zu
spät!
Das ist ja eine megadoofe Party!
Noch kein einziger Programmpunkt ist gelaufen!"
Er kickt den Ball gegen die Hauswand.
„Hauptsache ist doch, dass alle irgendwie zufrieden sind!"

„Vor der Glotze abhängen? Auf einer Geburtstagsparty?
Bescheuert ist das!", sagt Mats.
„Wenn es ihnen nicht gefallen würde, wären sie doch
längst schon hier unten aufgetaucht!
Die scheinen sich doch wohlzufühlen!", sage ich.
„Das ist doch die Hauptsache, oder?"
„Und du?", sagt Mats.
Und schaut mir direkt ins Gesicht.
„Siehst du doch!
Wenn ichs nicht gut finden würde, wär ich doch längst
wieder zu Hause!"
Ich lege Mats den Arm um die Schulter.
„Ich finde bisher alles super! Echt!"

In der Wohnung ist alles ruhig.
Mats' Mutter sitzt im Wohnzimmer vor einem riesigen
Flachbildschirm.
(Nein, auch der gehörte Roland nicht.)
Sie trinkt Sekt und sagt:
„So eine tolle ruhige Party hatten wir ja noch nie!
Das kann so weitergehen!
In einer Stunde kommen die Frauen aus meiner Lauf-
gruppe.
Dann starten wir die Schatzsuche und die Nacht-
wanderung.
Das Holz für das Lagerfeuer liegt schon im Kofferraum.
Der Kartoffelsalat ist fertig.
Die Würstchen liegen schon in der Kühltasche!"
Mats' Mutter sieht sehr entspannt aus.

Und die Jungs?

Die liegen eng beieinander auf dem Bett und auf dem Boden.

Und glotzen.

Überall Flaschen mit Cola und Limonade.

Schüsseln mit Chips und Gummibärchen.

Alles sehr gemütlich!

„Wie siehts mit dem Schwimmbad aus?", fragt Mats.

„Wir sind noch beschäftigt!", sagt Lorenz.

„Total gemütlich bei dir!", sagt Aaron.

„Ich hab keine Lust auf Schwimmbad!", sagt Kurt.

„Und ich darf heute sowieso nicht ins Wasser!", sagt Eric.

„Ich bin erkältet.

Meine Mutter hat Angst, dass ich eine Lungenentzündung kriege!"

„Bleiben wir doch einfach hier!

Wir haben ja noch lange nicht alle Filme gesehen!", sagt Maurice.

„Genau!", sagt Finn.

„Demnächst kommt noch die Asterix-Kassette!"

„Alle acht Filme!", sagt Pit.

„Kannst du noch was zu trinken organisieren, Mats?", fragt Lorenz.

„Für mich eine Cola!", sagt Eric.

„Für mich auch!", sagt Pit.

Alle wollen plötzlich eine Cola.

Wenn das ihre Eltern wüssten!

Dürfen die so viel Cola trinken?

Ich dürfte das nicht.

Aber es gibt eben besondere Anlässe.

Genau!

Diese Boys-Party ist zum Beispiel ganz besonders.

Mats sammelt die leeren Flaschen ein.
„Und die Schatzsuche, das Lagerfeuer, die Nachtwanderung?", fragt Mats.
Er schaut auf die friedlichen Glotzer.
Die sind beschäftigt.
Die haben seine Frage gar nicht mitgekriegt.
Ich glaube, das wird nichts.
Die werden noch Stunden dort liegen bleiben.
Und sich eine DVD nach der anderen reinziehen!
So lange, bis sie ganz einfach einschlafen!
Warum eigentlich nicht?

„Gehst du mit in den Keller,
Paul? Nachschub holen?"
Mats ist total
enttäuscht.
Seine Power ist weg.
Sein ganzer schöner Plan hinüber!
„Und? Wie geht's jetzt weiter?", sagt er.
„Lass sie doch!
So ein Filmfestival hat doch auch was.
Statt Venedig, Berlin oder Cannes ein Festival bei dir
zu Hause!
Ich finde das hat was!
Was ganz Besonders!", sage ich.
„Aber was werden die Eltern sagen?
Wenn die erfahren, dass hier nur Filme gelaufen sind?"
„Die müssen das doch gar nicht erfahren!
Meistens fragen die doch sowieso nur: „Wie wars?"
Und dann werden alle sagen: „Ganz super wars!"
„Habt ihr euch gestritten?"

„Nein! Haben wir nicht!"

„Und was machen wir zwei jetzt?", sagt Mats.
Als alle mit Cola versorgt sind.
„Willst du auch Filme gucken?"
Ich schüttel den Kopf.
„Es ist noch so schön draußen!
Und noch hell!
Wir können noch etwas Fußball spielen, oder?"
„Aber ich spiele viel schlechter als du!"
„Du spielst ja auch nicht im Verein wie ich!
Wir könnten einfach öfter zusammen trainieren, wenn
du willst!"
Mats nickt.
„Aber im Schwimmen bist du besser als ich!", sage ich.
„Also, sind wir quitt!"
Um sechs kommen die Lauffreundinnen.
Vier junge Frauen im Sportdress.
Schlank und fit sehen sie aus.
Nach Yoga und Zumba, Pilates und Co.

Sie finden es überhaupt nicht schlimm, dass das Pro-
gramm geändert wurde.
Im Gegenteil.
Sie hocken jetzt alle im Wohnzimmer.
Und trinken Sekt.
„Wenn ihr Kartoffelsalat und Würstchen wollt, sagt
Bescheid!"
Mats Mutter schaut in den Kinosaal.
Da läuft gerade das Asterix-Festival!
Da will niemand gestört werden.

Außerdem sind alle pappsatt.
Von Chips und Erdnüssen, von Gummibärchen und
Schokoküssen.
Bin gespannt, wann der erste kotzen muss!

Wir zwei spielen Fußball, bis es dunkel wird.
Immer wieder schießen wir aufs Tor.
Stundenlang.
Und ich frag mich schon, warum mich das nicht
anfängt zu langweilen.
Mats hat seinen Ehrgeiz wiedergefunden.
Er knallt die Bälle nur so rein.
Jetzt möchte ich lieber nicht im Tor stehen.

Pit legt gerade den dritten Film ein.
„Pinkelpause!", sagt Mats.
Er reißt die Fenster auf.
Die Luft ist stickig.
Ja, und jetzt müssen alle erstmal aufs Klo.
Nein, essen will niemand.
„Mir ist schon schlecht!", sagt Eric.
„Mir auch!", sagt Pit.
Ich finde, alle sehen jetzt etwas blass aus.
„Eine Runde ums Haus?
Frischluft tanken?"
Niemand will das.
Ich fand meinen Vorschlag gar nicht schlecht.

„Dann steigt jetzt die Pyjamaparty!", sagt Mats.
„Schlafanzüge an!
Luftmatratzen aufblasen.

Dann geht's weiter!"
Ich verzieh mich in die Küche.
Da ist nix los.
Ich schaue aus dem Fenster.
Gut gelaufen, die Boys-Party!
Ich bin entspannt.
Die Stimmung ist sogar so, dass ich mich jetzt trauen würde.
Ja, ich könnte jetzt ins Mats' Zimmer gehen und es ihnen sagen.
„Hört mal zu, Jungs!
Ich muss euch was sagen!"
So ähnlich jedenfalls!
Und dann?
Was würde passieren?
Wahrscheinlich nichts Schlimmes.
Oder doch?

Mats ist mir gefolgt.
„Was ist mit dir?
Wo sind deine Sachen?"
„Ich werde gleich abgeholt!"
„Wieso das denn?"
Mats' Stimmung bricht ein.
„Das find ich blöd."
„Meine Großeltern wollen morgen früh mit mir wegfahren.
Da soll ich ausgeschlafen sein!"
Mats sieht jetzt aus wie ein kleiner Junge.
Nicht wie der große King.
Gleich heult er los.

„Wir hatten doch einen super Tag!
Das reicht doch, oder?"
Mats schüttelt den Kopf.
Ihm reicht das wohl nicht.
Aber ich will jetzt weg.
Will kein Risiko eingehen.
Wer weiß, auf was für Ideen die noch kommen.
Mich ausziehen, wenn ich eingeschlafen bin …
Zum Beispiel.
Oder doch noch Wettpinkeln.
In die Badewanne zum Beispiel.
Nein!

Ich bin froh, als es klingelt.
Und ich bin glücklich, als ich im Auto sitze.
Neben Opa.

24. HELENA UND DAS FERIENHAUS IN DEN BERGEN

Ich bin aufgeregt.
Gleich werde ich abgeholt.
Mit dem VW Bus der Familie Honekamp.
„Hast du deinen Personalausweis eingepackt!", fragt
Opa.
„Warum das denn?"
„Für den Notfall.
Falls du verloren gehst!
Dir was passiert.
Jeder Mensch ist verpflichtet, eine Personalausweis bei
sich zu tragen."
Ich steck ihn in meinen Rucksack.
In die Innentasche.

Ich darf sie duzen.
Sagt Frank.
Sagt Julia.
Dabei schauen sie mir in die Augen.
Mit ihrem Psychoblick.
Und ich muss mich sehr anstrengen, jetzt nicht wegzu-
schauen.
Ich finde sie nett, die beiden.
Aber ich fürchte mich auch ein wenig.
Ich will nicht, dass sie etwas merken.
Und ich fühl mich etwas alleine mit meinem Geheim-
nis.
Wenn wenigstens Helena es wüsste!

Die Fahrt dauert 80 Minuten.
Dann stehen wir vor einem alten Holzhaus.
Und das liegt direkt am Wald.
Rundherum Berge und Wiesen.
Sonst nichts.
Schön.
„Familienerbstück!", sagt Frank.
„Mein Großvater hat es nach dem Krieg gebaut.
Wir haben nichts verändert.
Nur das Schwimmbad und die Sauna haben wir vor
fünf Jahren angebaut!"
Wir steigen aus.
Und ich rieche es sofort.
Diese Luft hier!
Der Hammer!
Eine Mischung aus Wiese und Heu.
Aus Holz und Feuer!
Aus Wald und Laub!
Eine tolle Mischung!
Meine Nase kriegt nicht genug!

Aber im Haus riecht es auch gut.
Irgendjemand hat den Kamin angemacht.
Das Feuer knistert.
Ich mag diesen Geruch.

Helena führt mich durchs Haus.
Alles ist aus Holz.
Die Wände, der Fußboden.
Die Möbel.
Total gemütlich.

Groß ist es nicht, das Haus.

Ein Wohnzimmer mit kuscheligem Sofa und Sesseln.

Eine Küche mit Sitzecke.

Oben ein Bad.

Und zwei Schlafzimmer.

Ich teile das Zimmer mit Helena.

Wir teilen das Hochbett.

„Oben oder unten?", sagt sie.

„Lieber unten!", sage ich.

Und hab keine Ahnung warum.

In Berlin hab ich immer ganz weit oben geschlafen.

Der Fitnesstrakt ist echt nobel.

Auch aus Holz.

Aber hell und modern.

Ein Pool, eine Sauna, Dusche, WC.

Ein Raum mit Fahrrad und Laufband.

Ein Ruheraum mit vier Liegen.

Überall riesige Panoramafenster.

Mit Blick auf mindestens 1000 Berge.

Echt ein Traum!

„Sollen wir gleich schwimmen?

Oder erst in die Sauna?", sagt Helena.

Lieber nicht, denke ich.

Und stell mir gleich einige Komplikationen vor.

Wo zieh ich mich um?

Wo dusche ich?

Mit ihr zusammen?

Vielleicht will sie das.

Und findet es total normal.

Ist es ja auch.

In der Sauna gibts nur Nackte.

Es ist sogar verboten, in Kleidungstücken dort herumzulaufen.

Ich hab mir noch keine Strategie überlegt.

Was sag ich jetzt?

Frank und Julia sind schon im Bademantel.

Hilfe!

„Zeig mir doch erstmal die Gegend.

Noch ist es warm draußen.

Noch ist es hell.

Schwimmen geht doch auch am Abend.

Und Sauna geht sowieso nicht."

„Oh wie schade!

Und warum nicht?"

Helena schaut besorgt.

„Ich hab Platzangst in den engen Kabinen.

Fühl mich eingeengt und eingesperrt.

Krieg keine Luft mehr."

„Das klingt nach einem Fall für meine beiden Psychologen.

Was meinst du?

Die könnten dir vielleicht helfen!

Frank und Julia sind ja spezialisiert auf Phobien und Traumata.

Du solltest mit ihnen sprechen!"

Mir wird übel.

Das hat mir noch gefehlt.

Mich auf die Couch legen.

Und meine Geheimnisse ausplaudern.

Nein!

So nicht!

Ziemlich blöd, dass mir nichts Besseres eingefallen ist.

„Ich will das nicht, versteh das bitte!

Schwimmen okay!

Aber Sauna?

Nein!

Und ich will jetzt auch nicht gerettet werden!

Ich will auch nicht darüber reden.

Nein!

Keine therapeutischen Sitzungen!

Bitte!"

Helena zuckt zusammen.

Mein Ton war scharf.

Meine Sätze wie in Stein gemeißelt.

Peng!

Aber es tut mir nicht leid.

„Komm, lass uns rausgehen.

Schwimmen können wir später.

Okay?"

Mehr Versöhnungsangebot kann ich nicht anbieten.

„Na gut!", sagt sie.

Aber die Geschichte nagt an ihr.

Und sie würde mich gerne auf die Couch legen.

Und mich retten lassen.

Das ist nett von ihr.

Aber es geht ja nicht!

Frank und Julia finden es okay, dass wir rausgehen!

„Gute Idee!", sagen beide.

Und wir marschieren los.

Helena beruhigt sich schnell.

Sie lässt das Thema Sauna ruhen.

Gut so.

Vielleicht bekomme ich jetzt einfach Halsschmerzen.

Dann bleibt mir auch das Schwimmbad erspart.

Im Wald ist es still.

Kein Laut.

Nirgends.

Schön.

Und kein Mensch ist unterwegs.

Es ist ein Mischwald.

Und der sieht ziemlich wild aus.

Naturbelassen, heißt das wohl.

„Gibt's hier Wildschweine?", sage ich.

„Jede Menge!", sagt Helena.

Sie zeigt auf die Hochsitze.

„Gutes Jagdrevier!"

Etwas unheimlich ist mir schon.

Wenn jetzt eine Rotte Wildschweine käme?

Was dann?

Ich nehme Helenas Hand.

„Du rettest mich, ja?"

„Wann?"

„Wenn die Wildschweine kommen!"

Helena lacht.

Sie drückt meine Hand!

„Klar, rette ich dich!"

Es ist schön!

Mit ihr Hand in Hand durch den Wald.

„Findest du auch den Weg zurück?"

„Ich denke schon!"

„Aber du bist nicht sicher?"

Helena wird rot.

„Uns passiert schon nichts.

Zu zweit ist man nicht allein.

Das ist doch gut!"

Dann stehen wir vor einem Bauwagen.

Grün gestrichen.

Ziemlich neu.

„Den kenne ich nicht!", sagt Helena.

Wir schauen durchs Fenster.

Total schön eingerichtet.

Mit Ofen.

Daneben ein Stapel Holz.

Gemütliche Sitzecke.

Mit Tisch und Bänken!

In der Ecke eine Kiste Cola.

Auf dem Tisch ein Taschenmesser.

Eine Kerze.

Ein Beutel Tabak und ein Aschenbecher.

Einladend.

„Der Schlüssel liegt meistens unter der Fußmatte!",
sage ich.

„Hier bestimmt nicht!", sagt Helena.

Ich hebe die Fußmatte hoch.

„Na?", sage ich.

„Und was ist das?"

Ich halte ihr den Schlüssel hin.

„Und jetzt schließ ich auf!"

„Du bist verrückt!", sagt sie.

„Mach das nicht!"

„Nur mal kurz reinschauen, mehr nicht!"
„Und wenn jetzt jemand kommt?"
„Da fällt uns schon irgendwas ein!
Aber es kommt niemand!
Du wirst sehen!"

Wir sitzen am Tisch.
Wie ein altes Ehepaar.
Und trinken Cola aus Plastikbechern.
Mein Magen knurrt.
Ich untersuche die Truhe unter der Bank.
Irgendwas zu essen wär jetzt echt nicht schlecht.
Zwieback, Knäckebrot, Kekse.
Irgendwas für Notfälle.
Pech gehabt.
Keine Lebensmittel.
Was ich sehe, hab ich nun wirklich nicht erwartet.
Mein Herz bleibt für einen Moment stehen.
In der Truhe liegt ein Gewehr.
Hilfe!
Wem gehört das denn?
Einem Jäger?
Einem Wilderer?
Gibt's die noch in Echt?
Oder nur in alten Filmen?
„Lass uns besser gehen!", sagt Helena.
„Das ist jetzt etwas unheimlich!
Komm!"
Wir schließen die Tür ab.
Legen den Schlüssel unter die Fußmatte.
Und nix wie weg.

Wir treffen niemanden.

Im Wald ist es still.

Kein Geräusch.

Kein Rascheln im Laub.

Kein einziger Vogel.

Schön ist das.

Aber auch etwas unheimlich.

„Opa hat erzählt, dass es hier Wisente geben soll.

Stimmt das?"

Helena nickt.

„Ich hab sie aber noch nie gesehen!"

„Und wenn die jetzt kommen?

Und uns über den Haufen rennen?"

„Wir könnten auf einen Baum klettern, oder?"

„Lass uns lieber schnell zurückgehen!"

Unsere Wanderung wird mir auf einmal sehr ungemütlich!

Und ich wär jetzt doch lieber im Pool.

Obwohl … so Hand in Hand durch den Wald … das ist schon toll.

Und das könnte jetzt ewig so weitergehen!

„Ich glaube, wir haben uns verlaufen!"

Helenas Hand wird feucht.

Sie bleibt stehen.

„Ich hab echt keine Ahnung, wo wir jetzt sind!"

Ich denke an Hänsel und Gretel.

Aber das rettet uns jetzt auch nicht.

Wir haben keine Steine gestreut.

„Und was machen wir jetzt?

Hast du ein Handy dabei?"

Ich schüttle den Kopf.

„Ich besitze keins!"

„Ich auch nicht!", sagt Helena.

„Wär jetzt aber praktisch!"

„Ja, das würde uns retten!"

„Und jetzt?"

Helena sieht so aus, als würde sie gleich losheulen.

Ich lege meinen Arm um ihre Schulter.

„Lass uns einfach weitergehen!

Irgendwann werden wir schon jemanden treffen.

Und der wird uns retten!"

„Eigentlich müssten jetzt Pilzsucher unterwegs sein!",
sagt Helena.

Sie greift meine Hand und hält sie fest.

Wir gehen einfach weiter.

Immer geradeaus.

Ein schöner Weg ist das.

Mal bergauf, dann wieder bergab.

Ab und zu gibt's eine Lichtung.

Dann wieder Felder und Wiesen.

Die Gegend ist schön.

Ich könnte jetzt ewig so weitergehen.

Wenn der Hunger nicht wär.

Wie lange sind wir jetzt schon unterwegs?

Drei Stunden oder mehr?

„Meine Eltern machen sich bestimmt Sorgen."

Vor meinen Augen tauchen die Schlagzeilen der letzten
Wochen auf.

Mörder, Kidnapper, Vergewaltiger …

Wenn wir wenigstens Pfefferspray hätten …

Wenn ich wenigstens Judo oder Karate oder Wing

Chun machen würde …

Und mich verteidigen könnte …

Helena bleibt stehen.

„Hör mal! Ist das nicht ein Auto?"

Wir lauschen in die Stille.

Ja!

Nicht einfach nur ein Auto!

„Hört sich nach Traktor an!", sage ich.

„Er kommt näher!", sagt Helena.

Traktor klingt ungefährlich.

Traktor klingt nach Förster oder Waldarbeiter oder Landwirt.

Der Traktor wird uns retten.

Jetzt biegt er um die Ecke.

Ein fetter Traktor.

Knallrot lackiert.

Ziemlich neues Modell.

Er tuckert auf uns zu.

Und bleibt stehen.

Ein junger Mann sitzt am Steuer.

Grüne Klamotten.

Bart und lange Haare.

So lang wie ich.

„Was gibt's?", sagt er.

„Verlaufen!", sagen wir.

„Dann steigt auf!", sagt er.

Helena nennt die Adresse.

Dann tuckern wir los.

Toll so eine Traktorfahrt.

Lars, so heißt unser Retter, hat gerade seine Angusrinder besucht.

Die hat er in einem speziellen Stall untergebracht.
Sein ganzer Stolz.
Eine Herde von 30 Rindern.
Das gibt mal bestes Biofleisch.
Ja, jetzt so ein Steak!
Mir läuft das Wasser im Mund zusammen.
Nach ungefähr einer Stunde ist die Fahrt zu Ende.
Wir sind angekommen.
Lars gibt uns eine Visitenkarte.
„Ihr könnt mich besuchen, wenn ihr wollt!
Und wenn ihr Lust auf Viehzeug habt.
Es gibt Hühner und Schafe.
Zwei Hunde und vier Katzen.
Und ein Pony."

Frank und Julia haben sich Sorgen gemacht.
„Beim nächsten Mal nur mit Handy!", sagt Julia.
„Und mit Ausrüstung!", sagt Frank.
„Wasser, Proviant, Taschenmesser und Taschenlampe!"

25. DER PSYCHOLOGENBLICK

Frank und Julia sind in der Küche.
Und rollen gerade einen Pizzateig aus.
„Ihr könnt den Rest der Arbeit übernehmen.
Den Teig belegen.
Und dann ab in den Ofen!
Wir gehen in der Zwischenzeit noch eine Runde
schwimmen!"

„Willst du auch schwimmen?
Ich schaff das hier auch alleine!", sage ich.
„Ich möchte aber viel lieber mit dir schwimmen!", sagt
Helena.
„In meinem Hals kratzt es!
Wär vielleicht besser, wenn ich aufs Schwimmen ver-
zichten würde!"
„Dann koch ich dir jetzt einen Salbeitee!", sagt Helena.
„Ich bin jetzt deine Krankenschwester.
Und weiche nicht von deiner Seite!"
„Dann bin ich jetzt öfter krank!"

Die Pizza ist im Ofen.
Wir decken den Tisch.
Und dann zieht dieser wahnsinnige Duft durch Haus.
Der unvergleichliche Pizzaduft!

Super lecker, diese Pizza!
Ich verputze fast ein halbes Blech.
Aber dann bin ich satt.

Pappsatt.

Es ist schon dunkel draußen.
Und schon spät.
Aber morgen ist keine Schule.
Da ist lange aufbleiben erlaubt.
Helena holt die Spielesammlung.
Julia sitzt im alten Ohrensessel und häkelt.
Frank geht vor die Tür.
Eine rauchen.
Helena holt das Mühlespiel aus der Kiste.
„Ich gewinne jedes Spiel!", sagt sie.
„Ich auch!", sage ich.
Wir grinsen uns an.
„Das kann ja spannend werden!", sagt Helena.
„Ich lass dich gewinnen!", sage ich.
„Das wär ja langweilig!
Also, streng dich an!"

Wir strengen uns beide an.
Und wir gewinnen beide.
Abwechselnd.
Irgendwann steht es 10 zu 10!
„Ich finde, das reicht!", sagt Helena.
„Wir sind beide unschlagbar!"
„Und jetzt noch einen Salbeitee mit Honig!"
Ich bin ein braver Patient.
Es gibt wirklich Getränke, die besser schmecken!

Wir sitzen noch etwas am Feuer.
Wir vier.

Frank und Julia sind neugierig.
So sind Psychologen wohl.
Ich fühl mich etwas ausgequetscht.
Wie eine Zitrone.
Ich glaube, sie finden es einfach nur spannend.
Womit meine Eltern ihr Geld verdienen.
Und ich erzähl ihnen gerne, was sie so machen.
Jetzt zum Beispiel.
Immer noch Mephisto und Pippi Langstrumpf!
„Glaubst du, sie würden uns besuchen?
Wenn wir sie einladen?", sagt Julia.
„Ich glaube schon!", sage ich.
Mama und Papa sind nicht die Typen, die ständig
neue Leute kennenlernen wollen.
Sie sind gerne allein.
Zu zweit.
Oder mit mir.
Zu dritt.
Aber Julia und Frank!
Die könnten ihnen gefallen!

Dann wird's Zeit, ins Bett zu gehen.
Mir wird etwas mulmig.
Hoffentlich merkt keiner was.
Wenn ich mich ausziehe …

„Ich geh schon mal ins Bad!", sagt Helena.
Also schnell in den Schlafanzug!
Heute blauweißgestreift.
Geschafft!
Ich suche meine Zahnbürste.

Durchwühle meinen Rucksack.
Öffne alle Seitentaschen.
Kippe den ganzen Inhalt auf den Boden.
Die Zahnbürste fällt vor meine Füße.
Aber …
Wo ist mein Personalausweis?
Mein Herz beginnt zu rasen.
Er ist nicht da!
Wo kann er sein?
Vielleicht hab ich ihn vergessen?
In der Aufregung gar nicht eingepackt?
Beruhige dich Paul!
Der wird zu Hause liegen.
Ganz bestimmt.

„Bad ist frei!", sagt Helena.
Auch sie im Schlafanzug.
In ihren Lieblingsfarben.
Türkisblaugrün.
Kein rosa Nachthemd!
War aber eh klar.
Ich putze meine Zähne.
Fertig.
Helena liegt schon im Bett.
„Schlaf gut, Paul! Es war ein schöner Tag, oder?"
„Ja, super schön!
Echt schade, dass wir morgen schon zurückmüssen!"
„Aber du kannst ja jederzeit wieder mit.
Wir sind fast jedes Wochenende hier.
Und in den Ferien auch!"
Das große Licht ist aus.

Neben meinem Bett brennt nur eine kleine Nacht-
tischlampe.

Daneben liegt mein Rucksack.

Und oben drauf … mein Personalausweis!

Wo kommt der denn her?

Mir wird schlecht.

Hat Helena ihn gesehen?

Weiß sie jetzt Bescheid?

Aber hätte sie nicht was gesagt?

Ihre Eltern alarmiert?

Und die hätten mich nach Hause gebracht?

„Unter deinem Kopfkissen liegt noch ein Salbeibonbon!

Das ist für jetzt!"

„Danke, Krankenschwester!"

Nein, sie weiß nichts.

Hätte sie sonst so cool reagiert?

Bestimmt nicht!

„Träum was Schönes!"

„Ich freu mich auf morgen!", sagt sie.

Ich knipse das Licht aus.

„Ich freu mich auch!", sage ich. „Gute Nacht!"

Ich bin glücklich.

Und dieses Glück rieselt durch den ganzen Körper.

Ein tolles Gefühl.

Aber das Glück wäre perfekt, wenn ich es endlich allen
sagen würde.

In diesem Zustand lauert in jeder Ecke noch die Angst.

Nächste Woche ist es so weit!

Wenn der Sexualkundeunterricht anfängt, dann!

Ich schlafe tief und fest.

Und als ich wach werde, ist es schon hell.
Nicht wirklich hell.
Eher grau.
Es regnet.
Und der Himmel hängt voller dunklen Wolken.
Die Sonne lässt sich heute bestimmt nicht mehr blicken.
„Hallo!", sage ich.
Aber es kommt kein „Hallo" zurück.
Helenas Bett ist leer.
Ich springe schnell in meine Klamotten.
Den Personalausweis verstecke ich im Seitenfach.
Reißverschluss zu.
Fertig.
Aber … wieso lag der gestern so einfach auf meinem Rucksack?
Ich hatte ihn doch in die Innentasche gegeben.
Oder nicht?

Helena steht im Zimmer.
„Wie geht's meinem Patient?"
„Noch etwas Kratzen im Hals.
Aber nicht so schlimm."
„Schade! Dann solltest du besser heute nicht schwimmen!"
Eine blöde Situation hab ich mir da eingebrockt.
Dieser super Pool!
Und ich kann da nicht reingehen!
Ziemlich doof!

„Frühstück ist fertig! Kommst du?"
So sieht ein Sonntagsfrühstück aus!

Genauso!

Frische Brötchen.

Knusprig braun.

Spiegeleier.

Für jeden zwei.

Zig Sorten Wurst und Käse.

Marmeladen und Honig.

Joghurt und Früchte.

Ich bekomme Salbeitee!

Ich verzieh das Gesicht.

Meine Krankenschwester guckt streng.

„Kakao wär mir lieber!", sage ich.

„Gibt's aber nicht für dich!"

Das Frühstück dauert bestimmt zwei Stunden.

Und jetzt?

Frank und Julia gehen in die Sauna.

Helena geht schwimmen.

Und ich setz mich aufs Fahrrad.

Eine Stunde strampeln.

Ein gutes Trainingsprogramm!

Dann backen wir Waffeln.

Die essen wir mit heißen Kirschen und Sahne.

Hmmm!

So könnte es ewig weitergehen!

Irgendwann hört es tatsächlich auf zu regnen.

„Lust auf Fußball, Paul?", sagt Frank.

Was für eine Frage!

Ich spring sofort auf.

Die Wiese hinter dem Haus ist super.

Bestimmt so groß wie ein normales Fußballfeld.
Frank ist ein guter Kicker.
Hätte ich gar nicht gedacht.
„Ich hab schon ewig nicht mehr gespielt!", sagt er.
„Meine beiden Frauen finden Fußball eher doof!
Total schade ist das!
Wenn ich einen Sohn hätte, dann wär das vielleicht
anders.
Aber jetzt hab ich ja dich!"
Er schaut mir ins Gesicht.
Mal wieder mit diesem Psychoblick.
Den ich etwas fürchte.
„Wär schön, wenn wir zwei ab und zu kicken würden!"
Er boxt mir leicht in die Rippen.
„Ich leih dich von Zeit zu Zeit mal aus! Okay?"
Ich nicke.
Und denke, ob er das auch noch will, wenn er Bescheid
weiß über mich?

Dann sitzen wir wieder im VW Bus.
Es geht zurück.
Morgen ist wieder das ganz normale Leben dran.
Mit Schule und Co.

„Ciao Helena!"
„Bis morgen, Paul!"

26. ZWEI BRIEFE

Heute hab ich Leo gefragt.
„Willst du mich mal besuchen?"
„Meinst du das ernst?", hat er gesagt.
„Mensch Leo! Würde ich dich sonst fragen?"
Er sieht nicht so aus, als würde er mir glauben.
Er schaut jetzt so wie ein Hund, der Angst vor
Schlägen hat!
Ich kann ihn sogar verstehen.
Es gibt fast keinen, der nett zu ihm ist.

Leo ist Opfer.
Leo wehrt sich nicht.
Leo kann man treten.
Er tritt nie zurück.
Leo ist ein leichtes Opfer.
„Ich könnte auch zu dir kommen!", sage ich.
„Nein!", sagt er.
„Das geht nicht!"
„Und warum nicht?"
„Das ist geheim!", sagt er.
Okay! Ich kenn mich ja aus mit Geheimnissen.
Wer weiß, was Leo zu verbergen hat!
Einen arbeitslosen Vater?
Eine trinkende Mutter?
Eine zugemüllte Wohnung?
Mir ist das egal!
Ich muss das nicht wissen.
„Dann komm zu mir!
Ich sag dir, wann es bei mir passt!"
Leo lächelt.
Dieses Leo-Gesicht kenne ich nicht.
Steht ihm aber gut, das Lächeln.
„Danke, Paul!", sagt er.

Nach der Schule geh ich nicht sofort zu Omaopa.
Zuerst in unsere Wohnung.
Blumen gießen.
Briefkasten leeren.
Schauen, ob Guy Roland im Garten ist.
Aber ich entdecke ihn nicht.
Es ist schon zu kalt.

Im Briefkasten liegen heute zwei Briefe für mich.
Ich lese die Absender.
Guy Roland und Helena!
Post von meinen besten Freunden!
Warum schreiben sie mir?
Sie könnten doch auch direkt mit mir reden!
Ist was passiert?
Angst kriecht an.
Ich lege mich auf mein Bett und öffne Brief Nummer
eins.
Den Brief von Guy Roland.
Der Brief ist in perfektem Hochdeutsch.
Wahrscheinlich hat sein Sprachlehrer ihn geschrieben.

Lieber Paul!

Du weißt es ja, du bist mein ganz besonderer Freund!
Deshalb sollst du eine Neuigkeit zuallererst erfahren.
Und zwar direkt von mir.
Und nicht aus der Zeitung!
Am Ende der Saison werde ich den Verein wechseln.
Ich habe ein Angebot vom FC Arsenal.
Deshalb werde ich nach London ziehen!
Ich werde dich vermissen!
Dein lachendes Gesicht vom Balkon!
Das wird mir fehlen.
Und alles andere auch.
Wir werden Freunde bleiben!
Wenn du das willst!
Ich werde dich von Zeit zu Zeit einladen.

Flug, Hotel, Ticket fürs Stadion, all inclusive für dich
und einen Begleiter!
Wir werden uns wiedersehen!
Ganz bestimmt.
Ich habe auch eine gute Nachricht!
Unten im Garten wird alles so bleiben, wie es ist.
Ich werde nichts mitnehmen.
Es wird ein junger Spieler aus dem Senegal kommen.
Der hat bisher in Paris gespielt.
Ich habe ihm von dir erzählt.
Er freut sich auf dich.
Und er freut sich auch auf Familienanschluss.
Er ist noch sehr jung.
Gerade mal 18 Jahre alt.
Er könnte dein großer Bruder sein!
Er heißt Ibu!
Aber noch haben wir viel Zeit vor uns.
Uns bleiben noch zehn gemeinsame Monate!
Die wollen wir genießen!
Bis morgen Paul!
Bei mir zur Pizza!

Dein Freund Guy Roland.

PS: Ich möchte dir ein Abschiedsgeschenk machen,
Paul!
Vielleicht möchtest du eins meiner Fahrräder?
Ich brauch keine drei.
Ich fahr sowieso immer mit dem Wagen.
Such dir schon mal eins aus.

Ich heule sofort los.

War ich jemals so megatraurig?

Ich erinner mich nicht.

Ich habe noch nie jemanden verloren, den ich so gern hatte.

Noch nie.

Mir tut alles weh.

Und ich weiß nicht, wie ich den Tränenfluss stoppen kann.

Wo ist der verdammte Abstellknopf?

Guy Roland ist einzigartig.

Durch niemanden zu ersetzen.

Das ist ein echter Verlust!

Ich hol die schwarze Stoffpuppe aus meiner Schatztruhe.

Meine Trostpuppe, als ich klein war.

Als ich noch Paula war.

Papa hat sie mal aus Afrika mitgebracht.

Eine alte Frau hat sie ihm geschenkt.

Sie hat sie selbst genäht.

Für mich.

Ich hab sie immer mit mir rumgeschleppt.

So wie andere ein Schmusetuch oder ihren Teddy.

Im Kindergarten hatte ich sie nur einmal mit.

Alle fanden sie schmutzig und hässlich und viel zu schwarz.

Ich habe sie geliebt.

Und sie hat mich getröstet.

Immer.

Ob das „immer" jetzt auch klappt?

„Mein Paul neigt manchmal zum Drama!", sagt Mama

von Zeit zu Zeit.
Sie hat recht!
Ich wische die Tränen an der Puppe ab.
Guy Roland wird ja nicht verloren gehen,
ich habe sein Autogramm an der Wand!
Und das bleibt, bis ich ausziehe.
In den Medien kann ich ihn jederzeit verfolgen.
Sehr praktisch, wenn man ein Promi ist.
Auf Youtube, Instagram und Co.
Ich werde immer wissen, wo er gerade ist und was er
macht.
Und das Trikot passt hoffentlich noch lange!
Und dann das Fahrrad!
Welches soll ich mir aussuchen?
Das BMX?
In Gold?
Noch ist es viel zu groß für mich.
Aber dann …
wird es sicher mein ganzes Leben begleiten!

Irgendwann lässt der Schmerz nach.
Irgendwann ist der Tränentank leer.
Irgendwann kann ich mich wieder freuen.
Auf die nächsten Monate.
Auf später.
Und auf den neuen Spieler.
Ibu.

Und jetzt Brief Nummer zwei.
Helena!
Warum schreibt sie mir?

Wir sehen uns doch jeden Tag!
Wir haben uns gerade noch gesehen.
Eine halbe Stunde ist das erst her.
Ich bin aufgeregt.
Meine Hände zittern.
Ich öffne den Umschlag.
Mein Herz galoppiert davon.
Eine Einladung zum Geburtstag!
Ich bin erleichtert.
Und lese genauer.

GIRLS PARTY!
NUR FÜR MÄDCHEN!

„Ich freue mich, wenn du kommst.
Bitte bring Luftmatratze und Schlafsack mit!
Wir übernachten in unserem Ferienhaus. "

Und warum lädt sie mich ein?
Zu einer Girls Party?
Gut, ich bin ihr Freund!
Ihr bester Freund!
Aber auf der Einladung steht fett gedruckt:
„Nur für Mädchen!"

Im Umschlag liegt noch ein extra Brief.
Fühl mich jetzt etwas zittrig.
Warum schreibt sie mir zwei Briefe?
Ich atme dreimal tief in den Bauch.
Und beginne zu lesen:

Lieber Paul!

*Ich würde mich total freuen, wenn du zu meiner Party
kommen würdest.*
Ich lade zwar nur Mädchen ein.
Aber du bist die Ausnahme.
Kommst du trotzdem?
Trotz der vielen Mädchen?
Keine Angst!
Du musst dich nicht schminken.
Auch kein Kleid anziehen.
Versprochen!
Vielleicht musst du Reiterhof mit uns spielen.
Wär auch okay, oder?
Im Notfall spielst du mit meinem Vater Fußball.
Der freut sich schon auf dich!
Ich muss dir noch etwas gestehen.
Und ich hoffe sehr, du bist mir nicht böse.
*Ich habe am Wochenende heimlich in deinen
Personalausweis geschaut.*
*Ich wollte eigentlich nur dein Geburtsdatum
herausfinden.*
Um dich zu überraschen.
Und das weiß ich jetzt auch.
Aber ich weiß jetzt auch dein Geheimnis!
Und versprochen: Ich verrate nichts!
Mir ist es egal, ob Paula oder Paul!
Für mich bist du Paul!
Mein Freund Paul!
Und es ist, wie es ist.
Ich hoffe nur, dass sich nicht alle Mädchen

in dich verlieben!
Dann wäre ich nämlich verdammt eifersüchtig.
Sie sind alle total hingerissen von dir.
Sie finden dich „süß".
Na ja.
Noch kann ich damit leben.
Bis Freitag!
Du brauchst keine Luftmatratze und keinen Schlafsack.
Dein Bett ist ja noch bezogen!

Deine Helena

Wo sind die Tempotücher?
Ich muss schon wieder losheulen!
Was für ein Tag!
Das ist alles zu viel für mich.
Trauer und Abschied und Freude!

Von allem viel zu viel.
Und keine Mama und kein Papa.
Die mich jetzt in den Arm nehmen.

Aber jetzt heule ich, weil ich mich freue.
Ich bin mit meinem Geheimnis nicht mehr alleine.
Wenn Helena zu mir hält, ist alles gut.
Dann kann ich auch alles andere aushalten.
Gelächter, Getuschel, Gemobbe.
Das alles ist jetzt egal.
Endlich!
Jetzt ist es so weit.
Morgen sag ich es!

Allen!
Und ich weiß, es wird mich glücklich machen.
Die Heimlichtuerei macht mich bloß fertig.
Morgen beginnt ein neues Leben!
Das echte wahre Leben von Paul Rosental.
Ich wische meine Tränen am Pulliärmel ab.
Meine Trostpuppe ist schon ganz nass.
Kein Platz mehr für Tränen.

Und jetzt zu Omaopa.
Ich werde ihnen sagen, was ich vorhabe.
Und dann müssen wir feiern.
Morgen Abend steigt ein besonderes Fest.
Ich werde Guy Roland einladen.
Morgen wär ja eigentlich unser Pizzatag!
Und Helena!
Ob ihre Eltern auch kommen?
Könnte sein, oder?

Noch einmal schlafen.
Ich bin aufgeregt.
Aber ich freu mich auch.
Zum Frühstück krieg ich nichts runter.
Das hole ich am Abend alles nach.
Ich habe mir ein Grillfest gewünscht.
Abschied vom Sommer.
Abschied vom alten Leben!
Opa wird gleich losgehen.
Und alles einkaufen, was wir brauchen!

Helena holt mich ab.

Wir wohnen ja jetzt nur drei Häuser voneinander
entfernt.
„Danke!“, sage ich.
Mehr sag ich nicht.
Ich nehme ihre Hand.
Und halte sie ganz fest!
Was gleich passiert, ist meine Überraschung!

Und dann stehen unsere beiden Lehrerinnen vor uns.
Gleich wird der Sexualkundeunterricht beginnen.
Frau König übernimmt die Jungsgruppe.
Frau Kaiser die der Mädchen.

Man kann ihnen ansehen, dass sie Mühe haben mit
dem neuen Thema.
Sie wirken angestrengt.
Etwas nervös zupfen sie an ihren Pullis.
An ihren Ohren.
Ihre Füße sind unruhig.
Ihre Blicke ernster als sonst.
Das sonst übliche Lächeln ist weg.

„Jetzt geht's also los!"
Sagt Frau König.

Das ist mein Stichwort.
Ich stehe auf.
Gehe nach vorne.
Stell mich neben meine Lehrerinnen.
Alle Blicke sind jetzt auf mich gerichtet.
Neugierig.
Gespannt.
In mir ist eine unglaubliche Ruhe.
Ich bin kein Bisschen aufgeregt.
Ich schaue in die Klasse.
In die fragenden Blicke
Und lege los.
„Ich muss euch etwas sagen!"

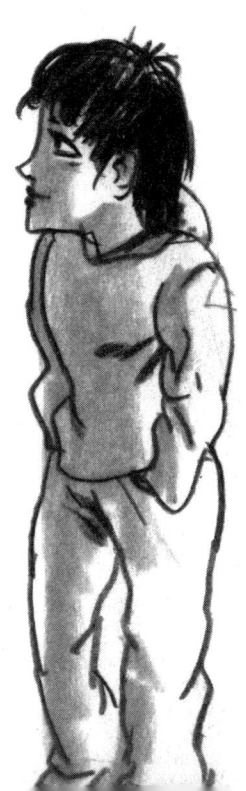

Die Autorin

DORIS MEISSNER-JOHANNKNECHT

Dortmund. Studierte Germanistik, Publizistik, Theaterwissenschaft, Psychologie und Pädagogik, Sportwissenschaften. 18 Jahre Lehrerin an Gymnasien, Rezensentin für Kinder- und Jugendliteratur. Seit 1990 freie Schriftstellerin. Romane für Kinder, Jugendliche und Erwachsene. Texte für Rundfunk, Fernsehen und Theater. Übersetzt in 14 Sprachen. Verschiedene Auszeichnungen, u.a. Literaturpreis Ruhrgebiet 1998.

Der Illustrator

ALJOSCHA BLAU

Aljoscha Blau, geb. 1972 in St. Petersburg, lebt seit 1990 in Deutschland. Er hat Kinder- und Jugendbuchillustration und Grafik studiert und wurde vielfach ausgezeichnet, u.a. mit dem Bologna Ragazzi Award, dem Troisdorfer Bilderbuchpreis und bereits zweimal mit dem Deutschen Jugendliteraturpreis. Er lebt mit seiner Familie in Berlin.